COLLECTION FOLIO

Michel Déon

de l'Académie française

La chambre de ton père

Gallimard

Michel Déon est né à Paris en 1919. Après avoir longtemps séjourné en Grèce, il vit en Irlande.

Il a reçu le prix Interallié en 1970 pour *Les poneys sauvages* et le Grand Prix du roman de l'Académie française en 1973 pour *Un taxi mauve*. Il a publié depuis *Le jeune homme vert, Les vingt ans du jeune homme vert, Un déjeuner de soleil, « Je vous écris d'Italie… », La montée du soir, Je ne veux jamais l'oublier, Un souvenir, La cour des grands,* fait jouer deux pièces de théâtre, *Ma vie n'est plus un roman* et *Ariane ou L'oubli*, et rassemblé quelques souvenirs dans *Pages grecques, Pages françaises* et *Je me suis beaucoup promené.* Il est membre de l'Académie française depuis 1978.

« Après tant de considérations générales, je vais naître. »

STENDHAL
Vie de Henry Brulard

Ses parents lui disaient : « C'est impossible que tu te souviennes. Tu n'avais pas un an quand nous avons quitté l'appartement rue de la Roquette. » Il persistait et, jusqu'à un âge très avancé, la perfection de cette image est restée la même. Encore aujourd'hui, il se voit dans un landau arrêté au pied de l'escalier en colimaçon éclairé par une fenêtre à mi-étage. Le tapis est rouge vif. Encastrée sous l'escalier, une porte à vitre opaque s'ouvre et une courte femme, ni jeune ni vieille, habillée de noir, le regarde. S'il se souvient du nom de la concierge venue lui faire guili-guili, ce nom a pu se surajouter quand il a évoqué ce souvenir : Mme Lebas. On le confiait à elle quand les parents sortaient le soir, et c'était assez souvent.

Plus tard, il s'est beaucoup interrogé sur cette vision si bien gravée dans sa mémoire, mais s'est refusé à consulter un spécialiste de la psychiatrie infantile sur l'éclair de lucidité qui, pour une raison inconnue, illumine la mémoire d'un nourrisson et y imprime, à jamais, une image en couleurs, une image d'ailleurs sans importance, alors qu'il aurait tant aimé en garder une autre, par exemple celle de son père et de sa mère penchés sur son berceau ou s'embrassant. Au fil des ans, à la suite de nombreux rêves dans lesquels il se dédoublait et contemplait le spectacle qu'il donnait à des tiers, il a ébauché une théorie qui vaut ce qu'elle vaut : l'âme — ou, en tout cas, cette chose immatérielle, insaisissable qui en tient lieu — aimerait de temps à autre se dépouiller du corps qu'elle habite et contempler son enveloppe vide, soit par impatience parce qu'elle est prisonnière d'un enfant dont la parole, la vue et la coordination des gestes sont encore à l'état larvaire, soit parce que cette même enveloppe, bien qu'adulte et parfaitement à son aise, est plongée pendant quelques heures dans la léthargie du sommeil qui lui interdit de réagir autrement que par des grogneries au discours absurde et incohérent du rêve. À noter que l'âme ne s'éloigne jamais beaucoup, deux ou trois mètres à peine, de crainte que, sans elle, la vie sensorielle de son protégé ne s'éteigne brusquement, ce qui arrive parfois lors de ces dédoublements, cas inexplicables pour la médecine. Ainsi, l'âme serait-elle donnée, dès la naissance, en parfait état de fonctionnement, avec toutes ses perceptions, son savoir, sa mémoire, et tenterait-elle une brève aventure pour respirer l'air de la liberté et prendre le recul nécessaire afin de parfaire sa connaissance des choses ? Après cette équipée, elle reprend le processus éducatif du corps qui lui a été confié dans le cas d'un bébé, ou le simple cours d'une existence déjà évoluée mais un rien monotone.

Il n'a jamais pu évoquer l'entrée, l'escalier au tapis rouge et la concierge, Mme Lebas, sans qu'aussitôt suive une scène toute différente puisqu'il a deux ans à peine. Ils habitent une villa bourgeoise à Châtenay — cette précision-là est postérieure —, et dans la chambre aux rideaux tirés on a tendu un drap blanc contre la grande armoire normande. Sur la console se dresse une lanterne magique en cuivre rouge et or, et Papa choisit des plaques de verre colorié qu'il glisse dans le ventre de la machine. Et qui apparaît sur le drap blanc ? Polichinelle lui-même, avec sa bosse, son extravagant chapeau orné de grelots, son nez aquilin. La scène n'a pas pris une ride depuis près de quatre-vingts ans. Il a pu y avoir d'autres séances, d'autres plaques de verre avec la fée Carabosse, l'enchanteur Merlin ou la Belle au bois dormant, mais non, c'est seulement Polichinelle dont la silhouette grotesque s'est imprimée dans sa mémoire alors qu'il était adossé à une forte poitrine. Une main bien chaude enserrait la sienne. Par la suite, des photos préciseront le visage rond, les cheveux tirés en arrière, la carrure de sa nourrice : Madeleine Schmidt.

En ce même Châtenay, il a, sans doute vers la même date, la vision de son père torse nu, le visage couvert de mousse, se rasant avec un coupe-chou et chantant faux, comme chaque matin, un air de Paul Delmé : *Envoi de fleurs*. Le petit garçon se saisit du rasoir posé sur le bord du lavabo et s'entaille profondément la main sous le pouce gauche. Un flot de sang jaillit. Papa prend sur ses épaules l'enfant, qui ne pleure ni ne crie, sort dans la rue en pantalon de pyjama et court vers la pharmacie où il arrive couvert de sang dans les cheveux et sur le visage. Alors le petit garçon pleure et crie. Il croit que son père est blessé.

Après, la boîte à mémoriser se ferme et, pour que tout soit cependant vrai, il garde juste sous le pouce la cicatrice que, toute sa vie, il ne peut regarder sans que revienne l'image de la tête ensanglantée de son père le portant au pas de course dans la rue déserte.

Il n'y a pas d'autre souvenir direct de Châtenay sauf ceux que peuvent reconstituer des photos en sépia : lui, debout sur une table ronde dans le jardin, Madeleine le tenant par la main, et il se demande s'il n'a pas aimé qu'elle ces années-là. Ou bien des clichés, encore assez nets malgré les années, montrant ses parents, lui en pantalon blanc, bras de chemise relevés, gilet de laine sans manches, une raquette à la main sur le court de tennis avec elle, Blanche, et deux amies fort jolies aux fronts ceints du bandeau noir dont c'est la mode à l'époque, détail que perpétue un pastel de Blanche toujours au mur dans son bureau. Mal protégé, le pastel a été abîmé lors d'un déménagement, l'encadreur a seulement gardé la tête, mais le fils n'oublie pas qu'elle posait les épaules nues à peine voilées par une écharpe de gaze qui ne cachait guère la poitrine.

Bien qu'il eût quatre ans déjà quand ils s'installèrent rue Henri-Heine à Paris, les souvenirs avec Madeleine sont inexistants. Elle a dû le conduire au Ranelagh en le portant dans l'escalier de la passerelle au-dessus du train de ceinture, le surveiller pendant les premiers pâtés de sable et le relever quand il tombait avec sa trottinette. Mais non. Rien. Tout s'est effacé jusqu'à ce qu'un déclic lève l'obturateur : accoudé au balcon avec sa mère, il voit Madeleine monter dans un taxi Renault vert à la capote baissée. Elle retourne en Alsace, et Blanche dit : « Regarde-la bien, tu ne la verras plus jamais. » Au moment où le chauffeur tend le bras gauche par la portière pour indiquer qu'il s'engage dans l'avenue Mozart, Madeleine se lève sur la banquette et agite un mouchoir. Elle pleure sûrement.

La mère se trompait. À peine la guerre finie en 1945, il est parti pour l'Alsace, a retrouvé de paroisse en paroisse l'adresse de Madeleine, mariée, cinq enfants dont l'aîné venait de mourir en déminant la route. Elle l'a tout de suite reconnu. Ils ont pleuré. Devant lui se tenait une forte femme en sarrau gris, au doux visage irradiant une si paisible bonté, une si grande clémence, une telle charité que, plus tard, il la glissa dans ses livres sous son nom ou d'autres noms mais parfaitement identifiable pour lui seul.

Quand a-t-il compris qu'on l'appelait Teddy ? Longtemps ce n'est qu'un son désignant à la fois lui et le chien des voisins de palier. Il lui arrive de répondre par un aboiement, ce qui fait d'abord rire puis agace au point qu'on le fesse pour mettre fin à sa première manifestation d'humour. Il est avéré que les parents n'apprécient pas l'humour chez leur enfant et le prennent pour une attristante manifestation d'imbécillité. Lorsqu'arrive le jour de le conduire à l'école, on est bien obligé de lui dire qu'en dehors du cercle familial et amical il se prénomme Édouard et que la maîtresse l'appellera ainsi. C'est une nouvelle incarnation. En alternant les prénoms, il change de monde. La maîtresse du Petit Cours La Fontaine lui trouve du talent pour les bâtons droits ou inclinés dont il remplit plusieurs cahiers. Avec indulgence, elle lui conseille de copier l'alphabet calligraphié au tableau noir, ce que, très docile, il fait aussitôt avec tant d'aisance qu'elle se demande jusqu'à quel point il ne s'est pas foutu d'elle. Il est question que toute la classe apprenne un poème dont il refuse les deux premiers vers :

« Petit écolier qui va-t-à l'école,
Songe à l'heure qui s'envole… »

La maîtresse convoque la mère du récalcitrant.

— Cet enfant a des trous de mémoire. Il faudrait consulter un médecin.

Debout, dans la courette, entre les deux femmes, Teddy-Édouard, tête levée, observe une gouttière où un pigeon poursuit une pigeonne. Il frappe dans ses mains et pousse un cri de Sioux. Les pigeons s'enfuient à tire-d'aile. Interrompant sa mère à la fois consternée et vexée, il dit que « va-t-à l'école » est une faute et que si les heures sonnent les pigeons s'envolent. Vengée de sa brève humiliation, Blanche entre dans une confiserie et lui offre une barre de chocolat Nestlé. Si on sort avec soin la barre de son étui et si on plie bien le papier d'argent pour les petits Chinois, au bout de cinquante plaques, on a droit à une image en couleurs illustrant une fable de Monsieur de La Fontaine. La marchande a de beaux yeux noirs, une mèche blanche dans ses cheveux probablement châtains, et, détail qui n'échappe pas à Teddy et l'obsède même quelque peu, un index tuméfié à l'ongle noir qui s'écaille : « C'est en tirant le rideau », dit-elle. Au moins cinquante fois par jour, elle doit rassurer ses clients qui s'inquiètent d'une étrange maladie. Maman répète le même nombre de fois l'histoire du poème. Édouard est relégué au fond de la classe où il apprend à lire tout seul si bien qu'il peut apporter un livre : *Les Mémoires d'un âne.* Outrée, Mademoiselle le lui confisque, mais découvrant le titre, éclate de rire et brandit devant la classe la jolie édition de la Bibliothèque rose.

— Édouard a déjà écrit ses Mémoires !

On s'esclaffe et il pleure un peu, pas trop, parce qu'à la sortie l'attend une Grande qui, dans un cours voisin, prépare le bachot : Yolande. Il l'admire, d'abord à cause de sa taille, ensuite parce qu'elle le prend par la main pour le ramener rue Henri-Heine. On la dit très belle et Teddy se fait, auprès d'elle, une première idée de la beauté féminine, encore que, bien des années après, il soit incapable de se souvenir de ses traits. En revanche, il a encore une idée assez nette de la mère de Yolande, Mme N., propriétaire de la rue Henri-Heine et de plusieurs immeubles de l'avenue Mozart. Dans un salon immense où brûlent des lampes à parfum, il revoit une femme alanguie, à demi couchée sur un sofa débordant de coussins damassés, un pékinois sur les genoux, jouant avec un collier d'ambre et fumant des cigarettes mauves à bout doré. Elle l'embrasse et lui permet de plonger la main dans une coupe de cristal remplie de chocolats. Un mystère la nimbe. Maman, un jour où elle se disputait avec Papa, a dit :

— N'oublie tout de même pas que si nous avons obtenu cet appartement c'est parce que Mme N. a été la maîtresse de mon frère.

Or, ce frère était déjà un homme de grande réputation dans Paris et à l'étranger, occupé à de fréquents voyages, et on ne voyait vraiment pas comment il pouvait avoir pour professeur une Mme N.

Pourquoi Édouard se souviendra-t-il si précisément du visage de la marchande de chocolats à l'angle de la rue du Ranelagh et de l'avenue Mozart, et pas de celui de Mademoiselle du Petit Cours La Fontaine ? Il a même oublié son nom. Elle a pourtant appris à lire à Teddy. Dans le travail souterrain qui efface de grands pans du passé (et parfois même de la veille), il y a d'obscures revanches : l'humiliation à venger et la mauvaise humeur de Papa en apprenant que son rejeton se permet de donner une leçon au professeur :

— Ce sera un pédant ! Un raseur ! dit-il.

Mots qui restent. L'année suivante est tout autre au rez-de-chaussée de la rue Davioud. La salle de classe est sombre et il n'y a pas de cour de récréation. À mi-fenêtre, des panneaux protègent les élèves de la curiosité des passants qui peuvent lire en lettres dorées : « Cours particuliers de Mademoiselle de Cordemoy ». Il n'y a pas plus d'une dizaine d'élèves dans ce qui a dû être le grand salon. Les meubles ont été enlevés, entassés dans le vestibule et le long d'un couloir à peine éclairé par un vasistas. Remisés ou vendus, les tableaux disparus laissent des taches claires et des crochets sur les murs couverts d'un papier crêpé beige qui tourne au jaune pipi.

Mlle de Cordemoy est une sèche haridelle en robe noire longue à col de dentelle, serrée à la taille par une cordelière blanche à laquelle pend un réticule qu'elle fouille d'une main nerveuse pour sortir un mouchoir et se tamponner les narines après de fréquentes crises d'éternuements. De temps à autre parvient du fin fond du couloir, amplifié par ce canal encombré de chaises et de vieilles commodes, un gémissement, un inhumain hurlement. Posant sur la table la règle qui scande comme un métronome les leçons et les dictées ou désigne, sur la carte de France accrochée au mur, les départements et les chefs-lieux, Mademoiselle enjoint aux enfants de rester sages et disparaît. On l'entend marteler le couloir à pas de gendarme et crier : « J'arrive ! » Les élèves savent que Mademoiselle a un frère malade, très malade. Les parents disent que c'est le drame de sa vie. Elle allait épouser un brillant officier de marine quand un microbe inconnu a paralysé le frère. Mademoiselle se sacrifie pour qu'il n'aille pas à l'hôpital avec les pauvres, sur un grabat. Il n'en a, bien entendu, aucune reconnaissance et beugle jour et nuit.

Papa, un soir à table, a suggéré que ce frère invisible pouvait bien être le Minotaure. Teddy a passé le mot à la classe et, naturellement, un imbécile a, aussitôt, pendant le cours, levé le doigt :

— C'est vrai que votre frère s'appelle Minotaure ?

— Non, mon petit ami, il s'appelle Maurice, il souffre beaucoup et ne supporte pas la lumière. Qui t'a parlé du Minotaure ?

— Teddy.

Papa a reçu une lettre circonstanciée, mi-figue, mi-raisin. Mademoiselle se réjouit que, grâce à ses parents, Teddy possède des notions de mythologie. Teddy a été privé de dessert pour la soirée. Ainsi les enfants apprennent-ils à ne pas répéter tout bas ce que les grandes personnes disent tout haut devant eux, mais ce n'est pas fini !

Bien des années après, Édouard passant devant l'ancien Cours (depuis longtemps disparu sans qu'on en sache plus sur les Cordemoy) cherche à se souvenir de la dizaine d'élèves du Cours et ne retrouve que deux têtes. Des filles, bien entendu. La première est inoubliable : Évangeline de Quelquechose, quatorze ou quinze ans, le double de l'élève le plus âgé. Elle a d'ailleurs tout en double : obèse, elle occupe un double pupitre à elle seule et plie sous le poids d'une paire de seins phénoménaux pour son âge. Quand on n'a pas serré dans un madras sa tignasse folle et crépue, Évangeline occulte la moitié de la classe. Le teint est un peu plus que café au lait, la bouche s'ouvre sur une denture superbe. Assise, elle est tancée par Mademoiselle :

— Serre les genoux, ma grande !

Avec des cuisses aussi énormes, elle ne peut pas. Si elle est parfaitement heureuse dans son corps, en revanche, ça ne va pas toujours bien dans sa cervelle : elle peine à retenir plus de trois vers d'un poème et ne mémorisera jamais sa table de multiplication. Parlant de son pays d'origine, elle dit « La Gua'loupe », mais quand elle sent de la bienveillance chez son interlocuteur, elle s'exprime avec une douceur, un charme exquis et l'accent des créoles. Mademoiselle a un faible pour elle et la félicite au-delà de la mesure si son élève, qui triple l'année scolaire, répond, plus ou moins au hasard, à une question requérant seulement du bon sens. Évangeline cache dans son cartable un paquet de bonbons qu'elle enfourne par poignées dans sa bouche dès que Mademoiselle s'absente. Elle en offre à la classe qui pouffe quand Mademoiselle revient et, pas dupe, l'interroge : « Neuf fois neuf ? » La réponse est inaudible. Évangeline éclate de rire et en crache ses bonbons, désarmant Mademoiselle qui baisse les bras. Teddy est le chouchou de la Gua'loupéenne depuis le premier trimestre. Elle le guette à la porte d'entrée, l'embrasse sur les joues, le serre contre sa poitrine avec une possessive tendresse. Devant témoins, il est confus, mais s'ils sont seuls, il la laisse prendre sa tête et la lover entre ses seins où brille une croix en or et pique une chose poilue, une patte de lapin montée sur une corne. Évangeline sent la vanille, une odeur facile à identifier pour un amateur de cornets glacés. Comme elle part et revient en général seule rue de la Pompe, en route elle se bourre de gâteaux et de glaces à chaque pâtisserie. De temps à autre, son père vient la chercher à la fin de la classe. On ne peut pas rêver plus différent : un grand homme mince aux cheveux gominés, à la fine moustache, nonchalant au volant d'une torpédo crème. Il a le teint tout à fait blanc et fume un cigare. Au dire d'Évangeline, la mère ne supporte pas le froid et préfère rester à la Gua'loupe ; elle est, paraît-il, presque blanche et servie par des domestiques beaucoup plus noirs qu'elle dans une grande maison au bord de la mer des Antilles. Chez Mlle de Cordemoy, Évangeline est « comme une poule en pâte » au milieu d'un peuple d'admirateurs qui adorent ses fous rires, sa gaieté, la géante bonté qui se dégage d'elle. Personne ne songe à moquer sa taille, la couleur de sa peau, sa paresse. Il est probable qu'elle fait exprès de ne rien apprendre pour rester dans une classe dont les élèves se renouvellent chaque année.

Teddy est partagé entre deux amours, l'un exotique et sauvage avec Évangeline, l'autre sans réponse avec sa voisine de droite : Huguette. Si, comme avec les poupées russes, on ouvrait Évangeline, on y caserait une demi-douzaine d'Huguettes. Autant l'une est exubérante et chaleureuse, autant l'autre est fermée, silencieuse et appliquée. C'est la meilleure élève du cours et, pourtant, un jour Mademoiselle a dit à la mère d'Huguette : « C'est d'autant plus méritoire qu'elle est ravissante. » Ainsi, dans l'enseignement est ancrée l'idée que la réussite aux examens est incompatible avec un certain physique et, pis encore, avec des exploits sportifs. Dans la bouche d'une excellente éducatrice, ces propos entendus par Blanche à la sortie du cours et répétés le soir même à dîner déclenchent les sarcasmes de Papa :

— À ce compte, Mlle de Cordemoy a dû être toujours première en classe sans aucun mérite.

Teddy, lui, ne trouve pas du tout incompatible l'aspect « porcelaine » d'Huguette et sa ferveur à étudier, il l'aimerait seulement moins distante. Lorsqu'elle se penche sur son cahier pour prendre une dictée, Teddy observe sournoisement son profil. Des cheveux blonds en frange couvrent le front, le nez est d'une délicatesse inouïe, la bouche exquise. Elle a de si jolies mains qu'il s'étonne en apprenant son précoce talent de pianiste. Enfin, à la différence d'Évangeline, facilement habillée de rouge grenat, jaune canari ou bleu électrique, Huguette est d'une élégante discrétion : robes aux couleurs pastel, smocks bleu et blanc ; l'hiver, des mini-tailleurs en tweed.

À l'heure où la dernière lumière du soleil se glisse par la demi-ouverture des fenêtres, le profil d'Huguette est si diaphane qu'elle semble ne pas exister, saxe fragile tendu pour écouter la leçon ou écrire dans son cahier une règle de grammaire. Réservée, elle ne serre pas les mains et se tient si raide qu'il est hors de question de lui baiser la joue en arrivant ou en partant. Teddy éprouve cependant à son égard une incertitude dont il ne perçoit pas la raison, mais dont le souvenir restera brûlant : Huguette a une double vie. Elle a une mère et cette mère est l'opposé de sa fille. Peu avant quatre heures, la classe tend l'oreille : un moteur de voiture vrombit devant la fenêtre. Un coup d'accélérateur l'emballe avant que le conducteur coupe le contact. Huguette range crayon et stylo (elle est la seule à posséder un stylo en galalithe) et, dès que Mademoiselle libère la classe, court vers la sortie. Devant l'immeuble, un roadster Amilcar à la carrosserie en damier d'aluminium est arrêté. À moins qu'il ne pleuve, la mère d'Huguette conduit capote et pare-brise baissés, et reste au volant à fumer une cigarette. Cette femme est l'antithèse de Blanche toujours si élégante qu'on la croirait sortant de chez le coiffeur (on ne disait pas encore : esthéticien).

Mme D. est en veste d'aviateur ouverte sur un chandail à col roulé, lunettes de mica remontées sur le front, coiffée d'un béret basque qui laisse passer deux accroche-cœur aux tempes. La bouche est d'un violet agressif. Que cette étrange créature soit la mère d'un elfe comme Huguette est une absurde équation. La petite jette son cartable dans la voiture et grimpe par-dessus la portière pour se laisser tomber dans le baquet au côté de sa mère. L'Amilcar démarre dans un bruit de mitrailleuse et disparaît en haut de l'avenue Mozart, laissant une agréable odeur d'huile de ricin.

La classe finie, un rideau tombe sur la vie privée de chacun. À peine assise auprès de sa mère, Huguette n'est plus là pour personne. Même pas un geste d'au revoir à Teddy et aux autres. Elle se volatilise, elle n'est plus qu'une pensée pour ceux qui ont passé une journée avec elle, échangé des regards, rarement un sourire. Il est même difficile de l'imaginer dans sa perfection. On ne reconstruit pas abstraitement une œuvre conçue, écrite, dessinée par Dieu et imprudemment confiée par lui à une pétaradante argonaute crispée au volant d'une barquette argentée, l'Amilcar à la carrosserie en damier d'aluminium avec ses roues à rayons rouges, qui laisse dédaigneusement derrière elle une traînée de fumée bleue dont l'odeur se dissipe déjà.

Teddy apprend qu'il y a des femmes inaccessibles dont la présence dure le temps d'un battement de paupières. On ne saurait en dire autant d'Évangeline qui dès l'envol d'Huguette s'empare de Teddy, le serre contre elle, l'enveloppe de ses bras, lui mouille la joue d'un baiser humide et — ô horreur ! — lui fourre une langue pointue dans l'oreille : « Tu aimes ? » demande-t-elle. Non, il n'aime pas, mais, après le départ d'Huguette, rien n'a d'importance. Du trottoir, on entend Mlle de Cordemoy ouvrir les fenêtres pour dissiper les senteurs des petits pets abandonnés par ses élèves. Un rugissement lointain caverneux lui fait aussitôt refermer les croisées et elle crie : « J'arrive, j'arrive ! »

Blanche, toujours un peu en retard, a un mot doux pour Évangeline et emmène son bien vers la rue Henri-Heine.

Au fond de l'appartement, sa chambre donne sur un jardin et, déjà, le jour monte, hésitant, encore gris, étrangement silencieux. De crainte de troubler le repos des parents qui ont dû rentrer tard de leur réveillon et lui ont vivement recommandé de ne pas bouger avant qu'ils viennent le chercher, Teddy tire le drap et la couverture sur sa tête et, malgré son impatience, se persuade que la nuit s'éternise. Il a, certes, éprouvé une légère déception en acquérant, cette année, la certitude que le Père Noël n'existe pas, mais il en tire aussi le sentiment d'une discrète supériorité sur les enfants de son âge qui continuent naïvement d'y croire. Rue Henri-Heine, l'appartement n'a qu'une cheminée dans le salon et il est tout à fait improbable qu'un vieil homme à la barbe blanche, plutôt corpulent, les bras encombrés de cadeaux, la hotte bourrée de jouets, puisse s'y glisser. Le jour où s'est dissipée cette illusion, Teddy a franchi une invisible frontière. Les fées, les enchanteurs, les sorcières, les lutins sont restés de l'autre côté de la barrière. De temps à autre, un vieil album dédaigné au fond d'un tiroir les rappelle à lui, mais ils n'intéressent plus Teddy. Il a pris la haute mer, il s'est enfoncé dans de vastes forêts, perdu dans de profondes vallées peuplées d'animaux sauvages et d'Indiens, a failli mourir de soif dans le désert, de froid dans les glaces polaires. Il s'est fait de nouveaux amis : Robinson Crusoé, les Chasseurs de Plantes de Mayne Reid, Long John Silver et son perroquet. Avec eux, l'aventure est infinie, l'univers explose, devient immense, les hommes qu'on y rencontre et dont on suit la marche héroïque sont courageux et fiers. Il les abandonne le soir quand Blanche vient l'embrasser et fermer la lumière, les retrouve le matin avant que Papa le tire du lit où il rêvasse. Mais, ce matin, il n'y a pas école chez Mlle de Cordemoy. Évangeline est partie pour le Midi avec son père (a-t-elle vraiment une mère ?), Huguette est à la montagne avec sa mère (mais a-t-elle un père ?), Paris est vide. Et voilà que ce vide soudain s'anime et se peuple : des voix, des rires, des pas dans le couloir. Il repousse drap et couverture, feint de dormir quand Maman ouvre la porte :

— Eh bien, grand paresseux, c'est Noël !

En robe longue argentée, les épaules, qu'elle a très belles, sont nues, délicatement pâles, creusées de fossettes, les cheveux bouclés courts, un grain de beauté artificiel sur la joue, son collier de (fausses) perles après un tour de cou descend jusqu'à la ceinture, elle est une fée moderne, mais non… il n'y a plus de fées, ni d'autrefois ni modernes. Elle le peigne, l'oblige à chausser des pantoufles et le laisse courir en pyjama vers le salon. Une bouteille de champagne à la main, Papa remplit des flûtes que tendent les invités. Ils sont cinq ou six, apparemment très gais malgré la fatigue d'une nuit blanche, en smokings, les dames frileusement drapées dans des écharpes à franges. Il y a surtout Pat Paterson que Teddy adore parce qu'il est un bon et joyeux géant, fume avec un long fume-cigarette d'ambre, et surtout parce qu'il a une jambe de bois comme Long John Silver, enfin pas exactement un pilon, mais une jambe mécanique invisible qui l'oblige à marcher en se déhanchant, appuyé sur une canne de tranchée comme en avaient les officiers de l'armée anglaise montant à l'assaut. Pat est un invalide de la Grande Guerre et un ami d'Arthur Cravan, le poète-boxeur. Il vit à Montparnasse avec une femme à l'aspect un peu terrifiant au premier abord, connue de tous les milieux artistes et bohèmes. Van Dongen, Kisling, Pascin ont fait son portrait quand elle était modèle. On l'appelle la Monicci, elle a un bel accent italien chantant et Papa dit qu'elle est peinte comme une châsse et couverte de bijoux si gros qu'ils ne peuvent qu'être faux.

C'est à Pat et la Monicci que Teddy doit, ce

matin de Noël, la bicyclette appuyée nonchalamment contre le manteau de la cheminée, complète avec ses garde-boue en aluminium, un phare, un pédalier chromé, une sonnette et, sur le cadre, le nom glorieux de la marque : Peugeot. Ne l'ayant même pas rêvée, Teddy est si ému qu'il se jette sur Pat, étreint ses longues jambes et, à travers le pantalon, sa main touche la fameuse jambe articulée que, les soirs de grande bringue, Pat démonte et pose sur la table du dîner. La Monicci a eu une autre idée : des soldats de plomb, au complet l'état-major de l'empereur Napoléon encadré par les Mameluks.

— Mon ennemi héréditaire ! s'écrie Pat avec son merveilleux accent anglais.

Teddy sait à peu près qui est Napoléon, l'homme qui dort sous le dôme des Invalides, mais ignore que son ami Pat est un lointain parent de Wellington. Enfin… peu importe ce matin où le vélo Peugeot occupe toutes ses pensées. Teddy suffoque de bonheur, déballe les autres cadeaux qui, à part quelques livres, l'intéressent à peine. Le vélo avec son cadre vert pâle à rayures noires et ses accessoires brillant neufs l'emporte sur tout. Teddy voudrait que Maman soit là pour partager une exaltation telle qu'elle lui paraît le sommet de sa vie.

Dans la cuisine où chauffe le café, elle n'est pas seule. Derrière elle, collé à son dos, se tient un blond aux cheveux frisés qu'il n'a encore jamais vu, et cet inconnu a noué ses bras autour de la taille de Blanche et lui mordille la nuque. Elle rit sans se défendre, marmonne des mots qui peuvent être aussi bien « oui-oui » que « non-non », découvre enfin, sur le seuil, Teddy raide, les yeux écarquillés, repousse le frisé qui met un instant à comprendre et, apercevant l'enfant, se détache d'elle en haussant les épaules. Du salon parviennent les grands rires mêlés de la Monicci et de Paterson. La mère et le fils échangent un regard. Blanche met un doigt sur ses lèvres fermées. Le pacte est scellé pour la vie. On n'en parlera jamais, ni cette fois ni d'autres fois. Motus.

Elle le coupe de l'autre, ce père qui feint de ne rien savoir ou, peut-être, réellement ne sait rien grâce à un don du ciel réservé aux plus honnêtes des cœurs. On ne reprochera pas à une mère cet irrésistible besoin de s'assurer un complice condamné au « motus » quand elle croit s'ennuyer ou être amoureuse. Teddy ne voit plus en son père qu'un homme dont on se cache pour échapper à la Vérité. Leurs rapports en resteront troublés jusqu'à la fin beaucoup plus proche qu'on ne pensait, ce jour où des hommes en noir, têtes nues, ont glissé le cercueil dans l'alvéole du columbarium, face à la mer hérissée des voiles blanches d'une régate. C'était en mai 1933. L'odeur de l'encens dissipée, une brise répandit le parfum des orangers en fleur.

Le « motus » a été une règle de vie avec Blanche, avec d'autres. Toute digression sera sévèrement punie. On ne parle en sécurité qu'à soi ou à une feuille blanche. Les silences protègent du drame. Comme aussi des comédies. C'est le prix à payer.

Pour qu'il y ait cette image du cercueil glissé dans l'alvéole du columbarium, les voiles blanches d'une régate et cette bouffée d'air parfumé à la fleur d'oranger qui donne à la mort un goût céleste et adoucit les chagrins et les remords soudain cuisants d'une réserve réciproque voilant les dernières années, pour que cette image — sous un serein ciel bleu, avec un évêque, le prince qui s'ennuie, les officiels qui pensent au temps perdu — reste à jamais inscrite dans la mémoire de Teddy, il y a eu, cinq ans auparavant, un Papa exubérant, lui d'ordinaire si fermé. Un soir, il a pris son petit garçon sur les genoux et a dit :

— Nous quittons Paris, nous allons vivre à l'étranger, enfin… pas vraiment… disons : dans une principauté qui a, comme il se doit, un prince. C'est un pays au bord de la mer. Le beau temps y est de rigueur. Il ne neige jamais.

— Même à Noël ?

— Si, peut-être, une fois tous les cinquante ans.

D'après Papa, le prince est débonnaire, gros et grand, le cheveu en brosse, il s'habille comme tout le monde et il a été général de l'armée française. Teddy est déjà inscrit au lycée de la vieille ville et ils habiteront un appartement dans un immeuble qui s'appelle « le Palais rose ». Tout a été décidé en cachette. La bicyclette Peugeot suivra, bien que ce ne soit pas le sport national de la principauté blottie au pied d'une montagne.

— Nous changeons de vie, dit Papa.

— Et Pat Paterson et la Monicci aussi ?

— Non, ils viendront nous voir.

Du « frisé », il n'est déjà plus question.

Le changement est stupéfiant. Papa circule dans une voiture de fonction conduite par un chauffeur en casquette, Maman reçoit en cadeau un coupé décapotable. À la maison, Émile, l'ordonnance, appelle Teddy : « Monsieur Édouard. » Une cuisinière géante, moustachue, italienne de surcroît, porte un nom à claironner : Giuseppina Staffaroni. À quai sont amarrés beaucoup de voiliers et des yachts géants qui ne bougent jamais. D'ici, Alain Gerbault est parti sur le *Firecrest* pour traverser l'Atlantique en solitaire. Le balcon donne sur l'entrée du port entre les deux balises par-dessus le toit d'une mystérieuse villa aux volets tirés. Le jour en sortent des hommes en redingote et chapeau haut de forme, des femmes, toujours par deux, en longues robes noires coiffées d'une toque d'où tombe une voilette qu'elles relèvent pour descendre d'un pied précautionneux les marches du perron.

Ce sont, dit Papa dont les fonctions paraissent être de tout savoir sur tout le monde, ce sont des antoinistes. Ils prennent saint Antoine pour le fils de Dieu et attendent, dans la pénitence et la prière, sa résurrection. Sur la gauche, un immeuble n'aurait rien de remarquable si, au deuxième étage vis-à-vis, n'habitaient un homme aux cheveux argentés et deux dames fort jeunes dont le plaisir est, semble-t-il, de se promener dans l'appartement en petite tenue — ou même sans tenue du tout — et de changer de robes plusieurs fois par jour. Teddy les a vite repérées et s'amuse de les voir passer devant la fenêtre dans un simple appareil tandis que défilent sur le trottoir au-dessous les dames antoinistes serrant à deux mains sur leur ventre — comme si des impies allaient les leur arracher — de volumineux sacs en étoffe noire. Un peu plus haut, vers le jardin exotique, une singulière maison s'élève en bordure du boulevard : un palais des *Mille et Une Nuits*, à façade de céramique bleu et vert incrustée de verroterie. Des jalousies baissées défendent les fenêtres. C'est la résidence de l'ambassadeur de Perse, le prince Riza Mirza Khan. Blanche y conduit Teddy un après-midi. L'ambassadrice est seule dans un salon éclairé par des lampes basses. Comme chez Mme N., des lampes à parfum brûlent sur une table. La dame lui paraît énorme, mais peut-être se confond-elle avec le chaos des coussins qui s'effondrent sous son poids. On voit bien, malgré les bouffissures du visage, qu'elle a pu être une beauté. Elle roucoule le français. Une superbe crinière teinte au henné encadre sa tête aux grosses joues très mates bien qu'elle fuie le soleil dont les rais filtrés par les jalousies la sectionnent en tranches. À portée de sa main tatouée de bleu et de sépia, des bonbons et des rahat-loukoums remplissent une coupe en opale. Elle y plonge négligemment les doigts et porte les sucreries à sa bouche gourmande et très peinte. L'index et le pouce poisseux ont collé les pages des magazines et des livres qu'elle lit passionnément. La visite officieuse touche à sa fin quand arrive l'ambassadeur, petit homme au visage jaune, à la moustache et aux cheveux si noirs qu'ils doivent être soigneusement teints chaque matin. Ambassadeur dans une principauté qui connaît seulement quelques consuls des pays voisins, délié de soucis — les ressortissants perses n'abondent pas et le Shah doit même ignorer qu'il a nommé un représentant dans cet État-jouet —, Mirza Khan passe pour une des bonnes ressources de la roulette ou du trente-et-quarante, et l'admirateur généreux du corps de ballet. Digne descendant d'une belle civilisation égarée dans les temps modernes, il se penche sur Teddy :

— Quelle est votre passion, mon cher enfant ?

Teddy n'a pas encore de passion ou, s'il en a, elles sont éphémères et successives. Blanche vient à son secours.

— Il aime les livres.

C'est vrai, et, pourtant, il n'y aurait pas pensé. Deux jours après, il reçoit un volumineux paquet : trois Jules Verne dans la collection Hetzel. Un commencement.

Il faut quelques mois pour découvrir la principauté. Cet enclos creusé dans la montagne et baigné par la mer est une véritable réserve comme les territoires où l'on parque les Indiens d'Amérique. Une faune y vit, se déploie, se replie à des heures régulières selon un cérémonial toujours respecté. À midi, un coup de canon à blanc annonce la relève de la garde à l'entrée du palais princier. Aussi beaux que des soldats de plomb, le casque couvert de plumes blanches et rouges aux couleurs nationales, les carabiniers paradent sur la place pour le plaisir des touristes. Une demi-heure plus tard, de l'Hôtel de Paris, sort Berry Wall en costume de tweed l'hiver, de tussor l'été, guêtres et gants blancs, chapeau melon beige ou panama, œillet à la boutonnière, canne à la main, fortes bacchantes d'officier anglais. Le suit pas à pas un chow-chow qui lève la patte sur les plates-bandes d'un jardin circulaire que les gens appellent le Fromage. À une heure, Berry Wall s'assied à la terrasse du Café de Lutèce où on lui sert invariablement le même menu, le même vin et le même cognac avec son café. Voilà qui évite de prononcer des paroles inutiles. À cinq heures, il revient prendre toasts et thé à la même table, habillé cette fois de gris. Le soir, il est seul en smoking dans la salle à manger de l'Hôtel de Paris. On le salue, il répond d'un coup de chapeau ou d'une inclinaison de la tête.

Si l'observateur a manqué le parcours de Berry Wall, il y a un autre rite : à treize heures précises, une voiture de maître s'arrête devant l'Hôtel de Paris. À l'air libre se tiennent un chauffeur les mains gantées de noir et un valet en livrée. La cabine aux vitres fumées cache un vieillard à la courte barbe blanche taillée en pointe. Les portiers se précipitent, poussant un fauteuil roulant dans lequel le valet dépose le vieillard avec le soin qu'on pourrait avoir pour une pauvre poupée invalide, une frêle chose en manteau à col de loutre, cache-nez et chapeau mou gris. Dans le hall de l'hôtel, les gens s'écartent avec respect, des hommes soulèvent leur chapeau, des femmes esquissent une sorte de révérence. Un silence tombe et on le suit du regard jusqu'à l'ascenseur où le valet tourne sur place le fauteuil roulant avant la fermeture des portes. Face aux spectateurs, le vieillard soulève son chapeau mou d'une main tremblante pour saluer… ou bénir. L'ascenseur emporte, sinon vers les cieux, du moins vers un appartement du quatrième étage l'égrotant infirme.

Papa prend son fils par la main et l'entraîne vers la sortie.

— Qui c'est ? demande Teddy à haute voix.

— Tais-toi !

Une injonction qu'il entend souvent. Une fois dehors, Papa s'arrête.

— Écoute-moi bien, Teddy, et n'oublie jamais. Cet homme devant lequel les gens se prosternent, anobli par le roi d'Angleterre et empereur des Indes, cet homme est un vautour, un requin. Il n'y a pas un mort, un mutilé comme notre cher Paterson, sur lequel il n'ait touché sa commission. C'est un marchand de canons, sir Basile Zaharoff. Tu es encore bien petit pour comprendre, mais souviens-toi que, partout où il y a de la misère et des morts, il y a des vautours qui s'enrichissent.

C'est un bien long discours pour un enfant de huit ans. Il ne sera pas oublié.

Les beaux après-midi, une vieille femme vient s'asseoir sur un banc dans la partie des terrasses qui, sous le casino, domine le tir aux pigeons et la mer. Coiffée d'un extravagant chapeau garni de fleurs artificielles, les mains prises dans des mitaines de gaze brodée, une jupe noire arrêtée aux genoux, elle découvre une paire de jambes encore très acceptables. Si on souhaite la photographier, elle dit :

— Vous pouvez. J'ai été la maîtresse d'Édouard. Vous ne savez pas comme il était gentil.

Si on veut en savoir plus, elle hoche la tête sans répondre, secouant les fleurs arrimées à son chapeau. La bouche édentée dont le rouge coule dans les rides mâchonne encore un invisible sceptre. Elle lève sa voilette sur un visage terriblement flétri, qui a pu avoir de la beauté quand Édouard VII était prince de Galles. Les jours où elle est de bonne humeur, elle relève sa jupe jusqu'à mi-cuisse et agite les jambes :

— Qui ne serait pas fou d'une pareille paire de gambettes ?

Le duc de Westminster, l'homme le plus riche d'Angleterre, passe, cigare au bec, dans un costume troué aux coudes, le pantalon en tire-bouchon, les poches de sa veste gonflées de jetons qu'il a oublié de changer à la sortie de la salle de jeu. Devant lui, à un pas, marche, sans se retourner, une femme à l'impérieux regard, au visage très mobile, coiffée d'un canotier à ruban noir, couverte de bijoux. Blanche dit à son fils :

— Regarde-la bien : c'est Mlle Chanel. Grâce à elle, on peut se couper les cheveux sans avoir l'air d'une bonne.

Comment le grand-duc Dimitri a-t-il échappé au massacre de la famille impériale ? Il est là, fier comme un grenadier de son ancien régiment, buvant du champagne au petit déjeuner, tenant table ouverte pour les Russes en exil et signant une addition que l'hôtelier payera de sa poche.

Parmi les Russes blancs qui vivent dans la principauté et vendent leurs derniers bijoux sauvés de la débâcle, le général Polovtsoff a trouvé un emploi qui lui permet de rester le grand seigneur qu'il a été avant et pendant la Première Guerre mondiale : il dirige les relations publiques du casino et des établissements de bain. Devenu ami de Papa et de Blanche, il leur a signé des photos. On en a tapissé les murs de la chambre de Teddy qui ne cesse de les interroger : ce beau géant moustachu, en uniforme de général tartare, un yatagan à la ceinture, est-ce bien l'hôte élégant du Sporting et du Beach ? Le même à qui on apporte un plateau de gâteaux pour hors-d'œuvre, un second plateau à la place du rôti et encore d'autres gâteaux pour dessert en ne lui servant que de la vodka ? Comment, s'interroge-t-on, a-t-il pu, à ce régime-là, franchir à dos de yack la passe de Karakorum à plus de six mille mètres d'altitude et est-ce encore lui, en grand uniforme dans la cour carrée d'une caserne, inspectant des femmes en bottes, blouses et casquettes, au garde-à-vous, leurs provocantes poitrines bardées de décorations ? Teddy a entendu le général raconter qu'en 1917, à Saint-Pétersbourg, il a formé et commandé un régiment de femmes pour combattre les Allemands. Leur courage a humilié les soldats qui ont cessé de déserter par bataillons entiers.

Dans la journée, on voit rarement Mme Polovtsoff. Elle s'isole pour peindre. Pastelliste et portraitiste, ses tableaux qu'elle expose rarement sont d'une troublante exactitude et d'une inquiétante pénétration. Le plus célèbre est un portrait de Barbara Hutton, la femme la plus riche du monde.

— Une liane, dit Papa avec admiration. Chez elle, un majordome doit sans cesse veiller à ce que portes et fenêtres soient fermées sinon, au moindre souffle, elle s'envolerait.

Le fait que cette hiératique et glaciale beauté, son visage toujours à l'ombre d'un chapeau à large bord, le corps, des chevilles au cou, serré dans des fourreaux de soie, ait commandé son portrait à Mme Polovtsoff a provoqué une ruée de tout ce que la Côte a de plus snob et de plus riche, mais elle refuse de sa douce voix russe qui roule à peine les « r » :

— Je ne suis qu'un amateur. Mon plaisir… mon plaisir est trop grand…

Aussi, quand elle propose de portraiturer Teddy, Papa et Blanche osent à peine y croire. Pendant deux semaines, l'après-midi en été, voilà Teddy condamné à porter la même chemise orange, la même culotte beige, immobilisé sur une chaise inconfortable. Seul son regard est libre d'errer de la fenêtre ouverte (on ne voit qu'une partie du Rocher et l'entrée du port) à Mme Polovtsoff en blouse blanche, ses cheveux blond-gris maintenus par un bandeau, assise de trois quarts derrière son chevalet. Le noble visage de cette femme respire une telle sérénité qu'à peine est-il arrimé à sa chaise, légèrement maussade à l'idée de passer deux heures immobile à rêvasser sans céder aux somnolences des après-midi d'été, que Teddy, presque dès le premier jour, éprouve un plaisir indéfinissable, une sorte de doux vertige à être seul avec elle. Si elle se penche sur son chevalet pour fignoler un détail, il ne l'aperçoit plus et il peut se détendre, bouger les mains, mais dès qu'elle réapparaît, leurs regards se croisent et elle sourit avec une bonté déchirante qui efface toute trace des tourments de sa vie passée. Teddy sait par ses parents ce qu'elle a enduré avant de parvenir à s'évader de Russie avec le général. Elle n'en parle jamais. Ses yeux pâlis par les épreuves et les chagrins subjuguent l'enfant de dix ans. Il ne voit plus qu'eux dans le visage serein. Les lèvres sont à peine roses, le nez droit, les pommettes légèrement saillantes. Teddy « possède » le visage de Mme Polovtsoff autant qu'elle possède le sien. Le peintre et le modèle ne font plus qu'un. Au bout d'une heure, il y a une pause. Elle se lève, va se laver les mains, revient avec une coupe remplie de raisin muscat et un verre de jus de fruits. Ils grignotent quelques grains ensemble. Elle demande :

— Tu as une petite amie ?

Teddy est sidéré. Jamais Blanche ne lui poserait une question pareille. La seule mention des mots « petite amie » cache des paroles ou des gestes interdits. Sans se trahir, il peut, tout de même, répondre :

— Je n'ai pas une petite amie, j'ai une « grande amie », Katie H.

— Oh, je la connais, c'est un garçon manqué. Et tu veux l'épouser ?

— Moi ? Oh, non ! Impossible… elle a deux ans de plus…

Mme Polovtsoff ne dit rien et regagne son chevalet. Teddy est aux enfers. Comment a-t-il pu lâcher une gaffe pareille ? Et parler d'âge à cette femme sans âge, dont la séduction est un cristallin silence, dont la beauté ne se dévoile pas au premier regard, mais lentement irradie le salon où ils se retrouvent et, depuis quelques jours, sans qu'il s'en soit rendu compte, s'est emparée de son cœur au point qu'il ressent le désespoir prêt à le foudroyer quand les séances de pose prendront fin. Comment peut-il s'accommoder de cette intolérable douleur qui sommeille en lui et le hantera peut-être toute la vie ? Au moment où il voudrait déjà oublier, le pire est d'être obligé de faire face bravement, sans fondre de béatitude dans le regard bleu de Mme Polovtsoff quand elle le dévisage une dernière fois pour corriger sur le papier un sourcil, une mèche de cheveux. Absente, hors du monde, elle est tout entière à sa perfection, elle fronce les sourcils, pince ses lèvres, efface et reprend un reflet dans l'œil. Une ride se dessine sur son front, descend jusqu'à la base du nez entre les yeux d'un bleu si délavé que, lorsqu'elle se tourne vers la fenêtre, elle semble aveugle. Teddy se retient de crier qu'elle doit prendre garde au soleil qui lui volera la vue.

— En fait, dit-il, deux ans entre Katie et moi, c'est très peu. Quand on s'aime, l'âge ne compte pas.

Mme Polovtsoff ne réagit pas. Elle a un problème plus important avec les mains de Teddy et lui demande de les séparer.

— Merci, c'est beaucoup mieux comme ça ! Ne bouge plus pendant deux ou trois minutes, et, après, je te libère. C'est la dernière fois. Si j'ai des scrupules sur un détail, j'appellerai ta maman et j'espère que tu reviendras poser trois minutes à peine, mais je crois avoir fini.

Ça y est… le rideau est tombé, brutalement comme toujours. Il savait bien que la foudre guettait le moment où elle le blesserait le mieux. Teddy serre les dents, se lève.

— Tu peux m'embrasser, dit-elle. J'espère que tu ne t'es pas trop ennuyé avec moi. Quand je peins, je me concentre, je refuse le bruit, même de ma propre voix. Un jour où nous serons tranquilles tous les deux, nous parlerons. Beaucoup, oui, beaucoup…

Il effleure les joues d'un timide baiser et s'en va sans se retourner. Après l'avoir exposé à Paris et à Londres, Mme Polovtsoff a offert le portrait aux parents de Teddy. Ce pastel a survécu aux péripéties des guerres, des exodes et des déménagements. Quand Édouard le regarde encore, ce n'est pas lui-même qu'il revoit (il s'est habitué à ses autres visages) sagement assis sur la chaise face à la fenêtre grande ouverte sur la mer, le port et le mouvement des bateaux, c'est Mme Polovtsoff qu'il retrouve, son teint de porcelaine, le regard bleu, le goût du raisin muscat dont la peau éclate entre les dents et le souvenir des premières atteintes de cette souffrance indicible que l'on finit, un jour, par associer à l'idée de l'amour.

Pour en finir avec les Russes blancs, leurs crises de mélancolie aiguës ou leurs terribles coups de cafard, Teddy en rencontre souvent un spécimen en bas des escaliers qui descendent durement du quartier de l'Observatoire jusqu'à la gare. La déclivité est seulement d'une cinquantaine de mètres mais la pente est raide comme d'une échelle. Les marches sont spécialement étroites et hautes. Une rampe médiane en fer court tout le long. Parce que trop d'enfants la chevauchaient et, en se laissant glisser jusqu'à la rue, se cassaient une jambe ou un bras — une fois même la tête —, on avait mis fin à ces acrobaties en soudant des crans d'arrêt sur la rampe. C'était mal calculer leur féroce bonheur de transgresser les interdits et prendre d'autres risques. Un nouveau jeu est donc né : ils l'appellent le « deux à deux » ou le « quatre à quatre ». Il s'agit de dévaler ces cinquante mètres et, probablement, deux cents marches en en survolant le plus possible. Le meneur, N., est un Italien d'une douzaine d'années, de petite taille, musclé comme un haltérophile, rageur, une voix de rogomme. Il touche à peine terre, vole de palier en palier en poussant des cris à la Tarzan. Sans avoir son coup d'œil et ses réflexes, Teddy est parvenu, en se limitant aux « quatre à quatre », à briller dans une spécialité sans concurrents : il s'agit, une fois sur deux, d'un demi-tour aérien et donc de sauter quatre marches sans voir celle qui vous recevra (ou ne vous recevra pas). Après des chutes sans gravité, le numéro est au point et la troupe — ils sont une dizaine le matin avant la rentrée en classe — déploie ses talents aériens pour de rares spectateurs qui apparaissent aux croisées des immeubles bordant les terrifiants escaliers.

Depuis quelques semaines, le spectacle compte un assidu : accoudé à la margelle au pied de l'escalier, en costume de shantung noir qui a pu connaître de meilleurs jours (N. dit qu'il doit se coucher tout habillé), chemise blanche à col ouvert, la tignasse corbeau en désordre, un grand type fume cigarette sur cigarette. Plus exactement, il tire trois bouffées, jette son long mégot et l'écrase furieusement sous son talon, le visage contracté comme s'il exterminait un féroce insecte. Quand il est là depuis un moment (on mesure le temps au tas de cigarettes pilées à ses pieds), un tic crispe son visage blanc aux yeux noirs cernés de mauve, le menton se relève, deux profondes rides barrent son front. Les sourcils très fournis sont de jais, les lèvres carmin, très carmin. N. a dit :

— C'est Frankenstein.

Tous ne sont pas d'accord. Chacun a son idée de Frankenstein. On comprend mal ce que dit l'inconnu. Il mâchonne un mauvais français avec un accent si rude que Teddy l'a tout de suite situé géographiquement parlant.

— Monsieur, vous êtes Russe ?

— Plus Russie ! Plus Russes !

De sa poche, il tire une poignée de bonbons poisseux. N. et Teddy refusent, mais si d'autres sont là, les bonbons disparaissent en un clin d'œil. Teddy connaît quelques mots.

— *Botjé tsara kranine !*

Le faux Frankenstein tape du pied.

— Plus Dieu, plus tsar, plus Grande Russie !

Un sourire inattendu, exquis, innocent, éclaire soudain son visage et il tend la main à N. puis à Teddy.

— Toi premier, toi second ! Très bons tous deux.

Pendant une semaine, on ne voit plus Frankenstein. Une pluie soudaine a emporté le tas de mégots à la place où il s'assied d'habitude. Est-il reparti pour sa Russie profonde ? Ce qui est rare, Papa revient déjeuner à la maison, et plus rare encore il a un paquet de journaux locaux et parisiens sous le bras qu'il ouvre à table, grave entorse au protocole. L'*Excelsior* dresse un écran entre Teddy et son père. Blanche, suspectant un esclandre, n'ose rien dire. Ce quotidien, dont l'éditorial de Maurice Colrat est souvent cité à table, publie, en dernière page, uniquement des photos. Teddy, qui les voit, reste la bouche ouverte.

— Maman, regarde, c'est Frankenstein.

— Qui ? demande Papa.

— L'homme entre les deux policiers.

— En effet, il a quelque chose d'un Frankenstein.

— C'est lui… notre Russe en bas des escaliers.

Tout finit par s'éclairer. L'homme hagard entre les deux agents de police vient d'assassiner M. Paul Doumer, le président de la République française, un fragile vieillard à grande barbe blanche, toujours en redingote, pantalon rayé, chapeau haut de forme, qu'on voit partout, en voiture découverte, entouré de gardes républicains à cheval, saluant la foule plus amusée que respectueuse. Il baptise des bateaux de guerre, inaugure des expositions, reçoit des chefs d'État étrangers (toujours avec la même républicaine courtoisie), décore des policiers et des pompiers courageux. Le 14 Juillet, l'armée française défile devant lui pendant deux heures très éprouvantes. Il doit entendre *La Marseillaise* trois cents fois par an, mais c'est bien fait pour lui qui a voulu être le chef de l'État, le symbole émouvant certes, un peu égrotant d'un pays qui ne s'est pas encore remis de la guerre mondiale et, d'ailleurs, ne s'en remettra jamais.

— Tu connais cet homme ? dit Papa tendant la page avec les photos : le Russe entouré des policiers, le Président allongé sur une table la chemise et la barbe maculées de sang.

Teddy raconte le championnat dans les escaliers, l'homme en bas avec des cigarettes et des bonbons.

— Qu'est-ce qu'on va lui faire ?

— Je suppose, dit Papa, qu'on coupera la tête de ce M. Gorgulov après un rapide procès et qu'il y aura une enquête à deux pas d'ici pour savoir ce qu'il complotait dans la principauté. Ton copain, N. et toi, vous serez interrogés, peut-être mis en prison. Je viendrai vous voir le dimanche avec du chocolat et des grammaires latines.

— Formidable ! dit Teddy.

Depuis un temps déjà, il emboîte dans l'humour sarcastique de son père, en partie pour agacer Blanche qui déteste ça, seule revanche de son mari, et maintenant du fils.

Teddy ignore la plupart des clés des personnages, mais il regarde avec une intensité croissante ce théâtre de marionnettes. Il n'oubliera pas. La principauté est une cloche de verre sous laquelle un conservateur avisé a rassemblé les débris et les rescapés d'une Europe dévastée, moralement et physiquement, par la tourmente de la guerre de 1914-1918. À heures régulières, un machiniste invisible donne un tour de manivelle comme pour un orgue de Barbarie, les pantins se placent et jouent leurs rôles avec une courtoisie exemplaire, sans un trou de mémoire. Une grandeur pathétique et, souvent, un parfait ridicule ont arrêté le temps et défié l'après-guerre. Bien à l'abri, ces élus, ces survivants d'un désastre inimaginable recréent le monde dans lequel ils sont nés avant la tourmente.

Une fois par an seulement, il y a la guerre : des chars et des fiacres fleuris promènent de jolies passagères — à coups de roses, d'œillets dont elles ont de pleins paniers, elles livrent bataille à la foule massée sur les trottoirs. À part quelques égratignures dues aux épines des roses, c'est beaucoup moins dangereux que les obus de mortier au-dessus du no man's land. Le style même, le rococo, a été respecté à peu près partout dans les hôtels, les restaurants, les bars et jusque dans les cafés chics. Les miroirs dont le tain s'effrite renvoient, aux imprudents qui s'en approchent, des images chancelantes comme ces cuivres que le graveur raye après tirage.

Fort heureusement — et parce que, sans eux, rien n'aurait d'objet — il y a des spectateurs. On les repère tout de suite, ils viennent d'un autre monde — un monde sans importance —, débarquant par troupeaux des grands paquebots ancrés au large, des trains, des autocars, et ne cessent de photographier et filmer la relève des carabiniers, les célébrités et les originaux. Sans cette attention que les acteurs principaux feignent d'ignorer, il n'y aurait pas de théâtre.

Bien des décennies après, un film, *The Truman Show*, a rappelé quelque chose à Édouard : un producteur de télévision élève depuis sa naissance un enfant abandonné. Cet enfant grandit sous une coupole opaque dans un monde entièrement virtuel. Des éclairages spéciaux simulent le soleil, la nuit, la pluie, la neige, rythmant des saisons artificielles. Le petit Truman suit l'école où il n'est ni bon ni meilleur qu'un autre, trouve du travail dans une vague officine où l'on se satisfait de sa médiocrité, se marie, achète une maison à crédit, a des enfants, est tenté par une aventure extraconjugale, manque perdre son poste, est pris sur son bateau dans une tempête dont on le sauve à la dernière extrémité. Jamais il ne se doute que sa vie est constamment filmée vingt-quatre heures sur vingt-quatre et que des caméras omniprésentes en transmettent les séquences au monde entier qui suit, haletant, les épisodes on ne peut plus moraux d'une vie très moyenne. Sauf l'innocent Truman (traduisons : l'homme vrai), tous les participants sont des acteurs et des figurants à vie qui jouent avec une régularité d'automate. Ils sont payés pour ça. Au moment où Truman soupçonne la supercherie et risque de se révolter, une main invisible, le deus ex machina, le repêche et le remet dans le droit chemin de la réalité virtuelle, si l'on ose cet oxymoron. À toute heure du jour et de la nuit, les téléspectateurs du monde entier sont conviés à suivre sur l'écran les étapes de la vie nullissime de Truman, ce parangon d'humain qui ne souffre que de vaines tentations et de petites misères dans une Cité idéale où tout a été prévu pour un bonheur obligatoire. À partir de là, on peut imaginer que si, soudain, l'audience des téléspectateurs fléchissait (accompagnée d'une baisse inévitable des recettes publicitaires), le cynique producteur aussi puissant qu'un dieu mettrait fin à la vie de Truman (non sans tirer quelques larmes au spectateur) grâce à un cancer foudroyant, un accident de voiture, un paranoïaque tirant dans la foule au hasard. Une dernière éventualité très américaine.

Dans ce film qui ne connut pas un grand succès, sans doute parce qu'il attentait au mensonge originel du plus puissant des médias, Édouard reconnut quelques détails de la cloche de verre sous laquelle s'était déroulée une partie de son enfance. Il aurait pu ne jamais en briser les parois si des événements cruels ne l'en avaient libéré.

On l'appelle dans le meilleur des cas ou, dans le pire, l'abbé Tumaine, épais calembour attribué au professeur de maths, un anticlérical furieux. En fait il est simplement l'abbé Chomet, aumônier du lycée où il enseigne le catéchisme. Son cours est facultatif. Comme il y a souvent des absents, afin de rassembler assez d'élèves justifiant son ingrat sacerdoce, à quatre heures moins une minute, l'abbé se poste dans le couloir à l'entrée de sa classe, une petite salle meublée de bancs sans pupitres, d'un fauteuil paillé et d'images pieuses accrochées aux murs. Dès que la sonnerie libératrice se déclenche, une horde surgit des classes et dévale le couloir, enfilant qui une manche de blouson, qui un manteau, fermant les cartables.

L'abbé est de bonne taille. Aucun catéchumène n'échappe à son regard. S'il en aperçoit un qui se faufile en rasant les murs ou court, tête baissée, vers la sortie, son bras s'allonge démesurément, l'attrape au vol par le collet comme on fait d'un chaton et le pousse sans ménagement dans la classe. Quand il en a une douzaine, l'abbé ferme la porte, relève les noms des présents sur un carnet de moleskine qu'il range avec le missel dans la poche kangourou de sa soutane. Un « Je vous salue Marie » pour commencer, et puis on passe aux questions pratiques : chaque élève a fait signer un carnet de messe par le prêtre de sa paroisse, le dimanche. L'abbé esquisse une moue dégoûtée à la vue de la signature du padre Ricci qui officie près de chez Teddy, un prêtre d'une maigreur squelettique et plutôt loqueteux. L'abbé est impitoyable : douze Pater, douze Ave Maria recopiés lisiblement sans une rature dans un cahier *neuf* si les parents ont préféré emmener leur rejeton au ski ou au bain. La crainte qu'il inspire est plus forte que ne le laisseraient supposer sa minceur et ses épaules tombantes. Le cou est interminable. Le visage paraît imberbe avec d'assez curieux bourrelets de chair sous les yeux et des lobes d'oreille en gouttes d'huile. Une fossette en forme de croix est gravée sous la bouche aux lèvres serrées. Pour lire ou écrire, il chausse un lorgnon qui laisse à la base du nez deux taches rouge-brun. Quand il ôte son chapeau rond, l'abbé passe une main vaniteuse dans ses cheveux gris-châtain fort bien ondulés. Il y a longtemps qu'on ne voit plus la tonsure. La soutane, soigneusement entretenue, descend à mi-mollet. Sans contrevenir à la règle, son luxe s'est réfugié dans les chaussettes de soie et d'élégantes chaussures basses impeccablement cirées. Rien à voir avec les pauvres croquenots du padre Ricci. Cet Italien au visage couleur de papier d'Arménie et à la soutane verdâtre est la gêne du clergé de la principauté que son dénuement insulte. Sa messe dite en chasuble pisseuse, trop courte, dévoilant des jambes grêles aux bas troués, est la seule où l'on prie avec l'officiant.

— Je n'imagine pas autrement le curé d'Ars, a dit Blanche. Je suis même certaine que, comme lui, le padre Ricci livre bataille tous les jours au diable.

— Oh, sûrement, dit Papa levant le nez de son journal. Avec le padre Ricci, le diable a peu de chances de l'emporter comme il l'emporte avec les autres.

On sait que l'abbé ambitionne le canonicat. Le prince ayant son mot à dire, il écoutera d'abord ses conseillers. Les morveux sont presque tous enfants de notables. L'abbé doit jouer serré avec eux : il faut à la fois réussir à leur fourrer dans la tête quelques rudiments d'histoire sainte et de commentaires des Évangiles, et ménager la susceptibilité des plus minables. Le problème de l'abbé est sa totale absence de charisme. Il n'offre pas de prise. Si, pour les adultes, son dessein est clair, pour les enfants, il est vraiment impénétrable. Georges G., camarade de classe de Teddy, répète ce qu'il a entendu dire par son père :

— L'aumônier est un pain de savon.

Le fait est que, d'une part, il glisse entre les mains avant qu'on ait pu se faire une idée de sa sincérité et que, d'autre part, émane de lui nous ne dirons pas un parfum mais une odeur qui annonce son approche, s'installe autour de lui comme une aura et laisse, après son passage, une espèce de poisseur. Cette odeur de savon parfumé paraît s'assoupir au bout de quelques minutes et se réveille méchamment quand l'abbé, désespéré par une réponse idiote, lève les bras au ciel ou cache son visage dans ses mains. Il ne déteste pas non plus les manifestations mélodramatiques et, par exemple, marcher de long en large devant les bancs, les mains nerveusement nouées dans le dos, murmurant :

— On ne fera jamais rien de vous.

Les catéchumènes ont surtout envie qu'on ne fasse rien d'eux. Les yeux baissés, ils s'efforcent de ne pas pouffer de rire. L'odeur (à mi-chemin entre le muguet et le patchouli) suit l'abbé à la traîne devant ou entre les bancs. Les nez se froncent, de rapides grimaces affleurent. Blanche, à qui Teddy s'en est ouvert, a répondu :

— L'abbé doit être un maniaque de la toilette. Dans sa personne, il y a quelque chose de trop propre qui cache quelque chose de sale. Il est toutefois moins désagréable à respirer que le remugle de ton préféré, le padre Ricci…

Remugle ? Teddy demande secours au dictionnaire. Quant au padre Ricci, il n'y a pas besoin de commentaire : c'est un saint !

—… Pauvre padre, il sent trop le…

Blanche s'arrête. Teddy ignorera toujours les raisons qui éloignent ses parents de l'Église. Éloignent seulement. Sans déclaration de guerre. Ils tiennent même avec fermeté à ce que Teddy reçoive une éducation religieuse.

— Après, dit Papa, il fera lui-même son choix.

Quel choix ? En dehors de l'Église catholique, il ne voit pas à qui se fier particulièrement. À la maison défilent des amis dont il a dressé la liste. Le premier est Salah Mahdi, un Marocain beau comme un prince, musulman marié à une Estonienne orthodoxe. Tout de suite après, il y a Georges-André W., un délicieux oisif, prestidigitateur amateur, bohème et juif. En comptant bien, aussi des protestants, un copte et quelques libres penseurs. Il est quand même plus simple de rester en compagnie de ceux que le hasard a désignés. D'autant plus que les élèves du catéchisme, si peu réfléchis soient-ils encore, commencent à s'interroger sur leur religion. Personnifiée par l'aumônier, elle est sévère. Elle punit plus qu'elle ne pardonne. Jamais de sa bouche on n'a entendu le mot « amour » que le minable padre Ricci, dans sa pauvre église jamais achevée par un entrepreneur malhonnête, lance de l'autel à ses paroissiens agenouillés :

— Qué l'amor dé Jésous soit avec vous !

La différence est poignante. Ces deux prêtres ne parlent pas du même maître. La divinité serait-elle double ? L'abbé Chomet parle au nom du Dieu du Châtiment et le padre Ricci au nom du Dieu de l'Amour sur terre ? Comment expliquer cette dichotomie de la représentation divine alors que la première leçon du catéchisme définit le christianisme comme une religion monothéiste ? Un épisode de l'histoire sainte trouble particulièrement Teddy : sur l'ordre de Iahvé, Abraham s'apprête à sacrifier son fils. Au moment où son bras va s'abattre, Iahvé l'arrête. Ou, du moins, le dit-on. Comment le même Dieu peut-il s'amuser d'un jeu aussi cruel ?

— Papa, est-ce que tu me sacrifierais si Dieu te le demandait ?

— Non, mon cher petit garçon, c'est Dieu que je sacrifierais en premier après l'aveu de sa responsabilité dans l'absurde chaos du monde.

— Est-ce que Dieu, pour vérifier que nous l'aimons vraiment, est capable de nous faire le même coup ?

— Je ne crois pas, Teddy. Mais, depuis sa création, le monde souffre d'une dualité au charme ambigu qui le conduit droit à l'Apocalypse, c'est-à-dire à la révolution. Nous n'y sommes pas encore et notre seule philosophie se résume en deux mots : *carpe diem*.

Voilà qui laisse Teddy dans la même incertitude. Un doute, cependant, s'insinue. La parole de l'aumônier n'est plus la voix céleste. Un conflit menace. Il éclatera au grand jour, le lundi suivant. L'abbé Chomet l'interroge avec une hypocrite mansuétude :

— Comment avez-vous commencé la semaine, mon enfant ?

— Pas très bien, monsieur l'abbé : ce matin j'ai enfilé ma chaussette gauche à l'envers et j'ai su aussitôt que ça me porterait malheur.

La classe rit. L'aumônier daigne sourire.

— … j'ai renversé ma tasse du petit déjeuner et je suis arrivé en retard pour la classe de M. Pollack qui m'a collé un poème de Lamartine à réciter demain. Lamartine, c'est la barbe…

— Bon, je compatis pour le poème de Lamartine qui est si « barbant », mais je vous parle d'hier dimanche.

— La semaine ne commence pas le dimanche.

— Mon enfant, c'est le dogme.

— Comment ? S'il y a un Dieu, et ce n'est pas si sûr que ça…

— Comment ? S'il y a un Dieu…

Teddy a parlé les yeux fermés, il ne voit pas la pâleur subite du prêtre et ses camarades qui quelques secondes auparavant se trémoussaient sur les bancs et maintenant sont figés, attendant la foudre.

— S'il y a un Dieu, dit Teddy, je ne comprends pas qu'il ait pu travailler à la construction du monde un jour férié. Le dimanche, Dieu s'est reposé après avoir travaillé toute la semaine qui commence donc le lundi. Et si j'avais été Dieu, j'aurais d'abord réfléchi avant de créer la lumière, l'air, le feu, l'eau, les oiseaux, nos grands-parents, Adam et Ève, et tout le tintouin.

Teddy découvre l'ivresse de parler sans crainte et de reprendre à son compte les propos désabusés de son père et de ses amis libres penseurs.

— … à la fin, il est normal, tout Dieu qu'il est, de prendre du repos, bien que, comme dit Papa, le travail ait été bâclé…

La classe est définitivement muette, tassée sur les bancs. L'abbé n'explose pas comme on pourrait s'y attendre. Il est seulement de cire et a croisé ses mains, les serrant si fort que les phalanges en sont livides.

— Édouard, je vous serais reconnaissant de ramasser vos affaires, de franchir cette porte et désormais de ne plus vous considérer comme mon élève. Je crains que vous ne soyez plus digne de recevoir les sacrements.

— Ça m'est égal, monsieur l'abbé, je les demanderai au padre Ricci.

Le bras tendu de l'abbé — la Vertu chassant la Calomnie — désigne la porte, le couloir, la rue, la Principauté, peut-être la France, même le monde où vivent les damnés.

Le soir même Blanche reçoit une lettre qu'elle fait lire aussitôt à Papa qui ne s'en montre pas plus content que ça.

— Je t'ai prévenu vingt fois, dit-elle, que tu parlais trop librement devant Teddy.

Il en convient, avoue que c'est irrésistible mais que Teddy doit présenter ses regrets à l'abbé Chomet.

Blanche prend le téléphone, appelle l'abbé. Une voix féminine, enfin pas très féminine, répond :

— Oui, *nous* savons. Qu'Édouard passe demain matin vers dix heures.

Une grande femme osseuse ouvre la porte. Elle a roulé les manches de sa blouse et porte un tablier bleu apparemment trempé. Un bonnet transparent enserre ses cheveux. Teddy note qu'une ombre de moustache orne la lèvre supérieure et surtout qu'elle empeste le savon parfumé de l'abbé.

— Ah, tu es celui qui vient s'excuser…

Blanche a fait la leçon : « Tu ne t'excuses pas, tu viens prier l'abbé de t'excuser. »

Il rectifie. La « gouvernante » est au-dessus de ces subtilités.

— Entre, je vais le prévenir.

En trois pas, elle se dirige vers une porte vitrée. Quand elle ouvre, Teddy aperçoit une salle de bains et une forme dans la baignoire. La gouvernante réapparaît, s'essuyant les mains avec une serviette.

— Monsieur l'abbé est dans son bain. Il dit que ça va, que tu es pardonné.

Teddy raconte à ses parents la visite sans omettre la gouvernante et l'écœurante odeur de savon parfumé.

Papa ne peut s'empêcher de rire. Blanche s'indigne :

— Tu le savais ?

— Le monde est trop petit pour que tout ne se sache pas.

— Et nous lui confions nos enfants ?

— Ce ne sont pas des innocents non plus. J'aimerais bien rencontrer cet aumônier. D'homme à homme, il est certainement plus conciliant.

Rendez-vous est pris dans la chapelle du lycée pour le lundi après le catéchisme. Le père et le fils se tiennent la main. L'abbé, qui ne sait pas bien ce qu'ils lui veulent, attaque le premier :

— Édouard a été insolent.

— Monsieur l'abbé, la question a été réglée et Édouard est venu vous prier de l'excuser. Vous étiez dans votre bain et, si j'ai bien compris, votre gouvernante vous a passé le message. Vous avez eu la générosité de pardonner à Édouard un éclat dont il n'a sûrement pas mesuré la portée. Si je suis heureux de vous rencontrer, c'est pour vous dire qu'en un sens je suis responsable des libres pensées de mon fils. Pour un enfant de son âge, il écoute trop bien la conversation des adultes, en retient les mots plus que l'esprit. Il m'arrive, ou il arrive à certains de mes amis, de blasphémer avec légèreté. Ce n'est pas un bon exemple. Teddy sait parfaitement que je n'ai pas la foi, ce qui, peut-être, m'a conduit à m'intéresser passionnément à Renan…

L'abbé a un haut-le-corps. Il ne s'attendait pas du tout à cette brusque irruption d'un nom redouté alors que le prétexte de cette rencontre était seulement les insolences sacrilèges de Teddy.

— Monsieur l'abbé, Ernest Renan n'est pas le diable. Certes, il s'est détourné des sacrements mais toute son œuvre est d'un exégète qui n'a eu de cesse de trouver des raisons irréfutables de croire. Vous connaissez certainement ce passage des *Souvenirs d'enfance et de jeunesse*. J'en ai toujours une copie dans mon portefeuille et si vous n'y voyez pas d'inconvénient, je vous lirai ces quelques lignes : « De ce qu'un gamin de Paris écarte par une plaisanterie, des croyances dont la raison d'un Pascal ne réussit pas à se dégager, il ne faut cependant pas conclure que Gavroche est supérieur à Pascal. Il m'a fallu, je l'avoue, des années d'étude pour arriver juste au résultat que ce petit drôle atteint tout d'abord. Peu de personnes ont le droit de ne pas croire au catholicisme car le filet tissé par les théologiens est solide et il est difficile d'en rompre les mailles… Je me reproche quelquefois d'avoir contribué au triomphe de Monsieur Homais sur son curé. Que voulez-vous, c'est Monsieur Homais qui a raison. Sans Monsieur Homais, nous serions tous brûlés vifs… »

— Monsieur, je ne comprends pas où vous voulez en venir. L'incident causé par Édouard est clos.

Papa l'assure qu'il le considère aussi comme clos et qu'il est uniquement venu pour dire combien il partage avec l'aumônier le sentiment que l'âme des enfants est un organe fragile dont les bergers, tous humbles prêcheurs, ne prennent jamais assez de soins.

— Cela dit, ajoute Papa soudain pensif quand ils se retrouvent seuls, je t'accorde que le savon parfumé dont il se sert est vraiment nauséeux.

Combien de mères résistent à la tentation de lire le journal intime de leur fille, de violer la correspondance de leur fils ? Combien d'épouses respectent le secret du chéquier et du carnet de rendez-vous de leur mari ? À ces tentations, Blanche cédait facilement et, en ayant parfaitement conscience, elle veillait à ne rien laisser traîner qui la compromît elle-même. Quand elle découvrait un des pauvres secrets de Teddy, la situation se compliquait : soucieuse d'en être aimée comme elle l'aimait, Blanche confiait traîtreusement à Papa le soin de sévir. Ayant subtilisé dans le courrier du matin une lettre probablement graveleuse adressée à son fils par un ami de vacances, Maurice L., Blanche soupçonna son fils d'y répondre par de semblables salacités. C'était faux et, précisément parce que c'était faux, que Teddy détestait les obscénités et montrait peut-être de la curiosité mais fuyait avec un dégoût voisin du vomissement les attouchements dans les chiottes du lycée, parce que c'était faux Maurice L. prenait, de loin, un vicieux plaisir à le provoquer. Ainsi, à la plage, au mois d'août, l'avait-il enfermé par surprise dans la cabine où Laure L., sa sœur, changeait de maillot. À douze ou treize ans, Laure commençait déjà un corps de jeune fille : petits seins, une légère toison blonde entre les cuisses. Accoutumée aux plaisanteries de son frère, elle s'était contentée, imperturbable, de se sécher dans une grande serviette et de passer un maillot sec, le sourire aux lèvres devant un Teddy médusé. Que cette image ait envahi les rêves de l'enfant unique privé de sœur à espionner par le trou de la serrure de la salle de bains, on ne s'en étonnera pas. Laure avait même peut-être pris plaisir à se voir admirée, mais à trois pas. En tout cas, elle avait feint de n'y attacher aucune importance dans les quelques jours qui suivirent avant le retour des L. à Paris. Dans ses lettres, Maurice, avec une férocité rare pour un garçon de son âge, décrivait complaisamment les secrets de Laure et le prétendu commerce qu'elle entretenait avec des rivaux de Teddy, place Victor-Hugo, au Scossa où la fleur boutonneuse du XVIe se retrouvait après la classe pour les cafés liégeois ou les diabolos menthe. Des rivaux ? Teddy n'envisageait pas la situation ainsi. Laure déployait déjà des charmes dont le meilleur était son rire innocent, une cascade de bulles argentées, et des gestes délicatement désinvoltes pour rebrousser en vain une mèche de cheveux qui lui cachait la moitié du visage quand elle penchait la tête en avant. Pensant à elle, longtemps après l'incident qui avait mis fin à leurs jeux, Édouard se demandait encore si ce qui attirait tant chez Laure n'était pas, plus que son physique, un désarmant naturel, un art inné d'être à l'aise partout, y compris dans la cabine où son frère l'avait enfermée nue avec un admirateur plutôt respectueux devant cette précoce ébauche de femme.

Ce que contenait la lettre incriminée, Teddy ne le sut jamais. En revanche, est restée gravée dans sa mémoire la scène avec son père dont le planton le guette à la sortie du lycée : « Monsieur le directeur vous attend à son bureau. » Il n'y a que la place à traverser. Le planton est une sorte de géant, c'est-à-dire pas tout à fait un géant, plutôt une énorme masse de chair molle, assis le jour durant devant une table sur laquelle il s'appuie tantôt sur un coude, tantôt sur l'autre, le menton calé dans la paume de sa main, le regard bovin attiré par un vide absolu — métaphysique, dit Papa —, occupé un nombre variable de fois par jour à pousser vers le visiteur un carnet blanc et un crayon. La station assise aggrave l'ankylose de ses jambes qui soulèvent avec peine deux énormes croquenots bien cirés. Son nom est oublié.

Monsieur le directeur téléphone lors de l'entrée

de son fils dans le bureau et lui intime d'attendre. La fenêtre ouvre sur le port bondé de yachts. Édouard se souvient très bien de deux détails : dehors, le *Crusader* des Macumber, retour d'Italie, s'amarre cul contre le quai et bord à bord avec la *Jeannette* qui ne quitte plus son mouillage depuis quinze ans, et, à l'intérieur, dans le bureau, la porte du coffre-fort dans lequel Papa range ses dossiers les plus précieux, avec un revolver et deux pistolets, est grande ouverte, découvrant un portefeuille en maroquin rouge marqué « fonds spéciaux » et une plus petite enveloppe : « Obligations Teddy. » Depuis deux ans, la moitié de l'argent de poche de Teddy sert à lui acheter ces obligations de la Ville de Paris que, lorsque cela fut nécessaire à un moment de grande dèche dans sa vie d'étudiant, Édouard essaya en vain de monnayer : elles ne valaient plus rien. D'où un dégoût à vie de l'épargne et des banques.

Mais restons-en à ces instants où le père téléphone, où Teddy regarde par la fenêtre, où le *Crusader* lance à quai une amarre aussitôt saisie par deux employés du port et se glisse lentement dans l'étroit espace laissé par la *Jeannette* et une fine goélette noire à pavillon néerlandais dont le propriétaire, un Falstaff rubicond au rire tonitruant, est un ami des parents. Il a même fait cadeau à Blanche de boutons de manchette en argent marqués I.B.F., signe secret des piliers de bar : « International Bar Fly. »

Papa raccroche le téléphone et, à l'instant, son expression change, les joues s'empourprent, les lèvres se pincent, le regard durcit dans le visage tanné au grand front barré de cheveux d'un noir-bleu. Il brandit une lettre. Teddy reconnaît l'écriture de Maurice L.

— Comment peux-tu avoir pour ami un pareil voyou ? Je renvoie la lettre à son père.

— Son père est mort.

— Alors, à sa mère… merci du renseignement… ça m'étonne moins maintenant… Je t'interdis de le revoir, de répondre à lui ou à sa sœur. Tu es privé de tennis pendant un mois. Rentre déjeuner.

Le téléphone sonne, coupant la réponse de Teddy, mais quelle réponse ? Il est là sans défense, livré à ce que l'homme a de plus atroce : son besoin viscéral de dominer les plus faibles. Pourtant Teddy sait que son père est bon, qu'il a des bouffées de tendresse vite étouffées si son autorité est en jeu, mais, la plupart du temps, il paraît absorbé par un « ailleurs » indéfinissable : les affaires de l'État, si petit soit-il, l'ont enfermé dans une forteresse dont rien ne sort qui soit communicable. Ou peut-être faudra-t-il beaucoup d'années après sa mort et la découverte d'un carnet secret qui a échappé à la rage de destruction de Blanche pour comprendre que cet homme est atteint par un chagrin tellement grand qu'il ne peut le confier à personne. Depuis quelque temps aussi, il porte trop souvent la main à son front, lutte contre des migraines épouvantables qui creusent ses premières rides et cernent son regard brûlant d'un mauve tragique.

Teddy, qui ne sait s'il doit partir ou rester, tend le bras vers le coffre grand ouvert et prend le pistolet. Le chargeur est engagé. Il suffit de repousser le cran d'arrêt. Teddy vise le port par la fenêtre. Papa lâche le téléphone et saisit le poignet de son fils, détourne l'arme. La balle se loge dans le plancher.

— Mon petit garçon ! Mon petit garçon !

Il le serre dans ses bras à l'étouffer, on n'en reparlera plus jamais.

On ne reparlera pas non plus de l'ami perdu, de la charmante Laure qui se lassent d'écrire sans recevoir de réponse.

Blanche arrive en retard au déjeuner. Avec qui attendait-elle d'apprendre les conséquences de son acte plutôt ignominieux ? Elle s'étonne du calme de ses deux hommes bien que la main de son mari tremble encore. Toutes les ruses de sa séduction seront nécessaires pour retrouver l'amour de son fils. L'exercice de la séduction est encore une forme de l'amour, l'amour d'être aimé. Non le moindre.

Katie, la seule rivale de Mme Polovtsoff, est une forte et belle fille, assez charnue. À douze ans, elle en paraît au moins quatorze, à quatorze on lui en donne seize, même peut-être plus. Dommage que l'intellect n'ait pas progressé aussi rapidement, mais ce décalage ajoute à son charme auquel sont sensibles les amis (ou amants) de Mme H., sa mère. À la sortie du Cours des Dames de Saint-Maur, des messieurs l'ont déjà abordée. On les comprend : les chaussettes blanches, les genoux que découvre la jupe plissée, le blazer bleu et un feutre à bords roulés suffisent à retenir l'attention même si, avec des yeux verts, une bouche gourmande, une petite tache sous l'arcade sourcilière gauche et des cheveux coupés à la garçonne, elle ne peut rivaliser avec sa mère.

Tout serait parfait si, dès son plus jeune âge, Katie (pour Katherine), chaque heure, chaque jour de son encore très jeune vie, n'enrageait d'être une fille. Pour qu'on ne s'y trompe pas, elle traîne les pieds, roule des épaules, fume des cigarettes à l'eucalyptus dans la rue, appelle ses camarades « ma p'tite vieille », Teddy son « p'tit vieux », occasionnellement botte une boîte de conserve dans le caniveau et mâche de la gomme. En Teddy, elle a trouvé un défenseur, un complice plus jeune de deux ans, un égal qui l'accepte comme elle est et prend plus de plaisir à être avec elle qu'avec des maniérées ou des copains de classe. L'été, ils se baignent au Larvoto où Teddy lui offre une pissaladière pour la consoler de n'être pas admise dans l'équipe de water-polo du lycée de garçons. L'hiver, quand se donne un film qu'on leur a défendu de voir, ils se précipitent en cachette au cinéma de Beausoleil. Teddy n'oubliera pas une histoire de péplums où la favorite de l'empereur romain entièrement nue (mais à cette époque on cache toujours les poils) est massée par une énorme négresse. Quinze ans après, il n'osera pas dire à une grande dame du théâtre, Edwige Feuillère, qu'il l'a vue complètement nue dans son premier rôle, bien avant *Partage de midi* ou *L'Aigle à deux têtes*. Il voudrait aussi voir jouer plus souvent Betty Stockfield. Cette blonde bien en chair, anglaise de surcroît, apparaît uniquement dans des films français où son accent lui vaut un honorable succès. Chaque fois, quel que soit le scénario, le metteur en scène prend un plaisir particulier à la montrer en soutien-gorge et l'asseoir au bord d'un lit où il l'oblige vicieusement à ôter ses bas ou à les enfiler. Instant troublant qui ralentit le film mais a ses adeptes. Édouard aura toujours une prédilection pour les femmes à l'accent anglais et restera partisan des bas et des jarretelles contre les collants. Katie ne partage pas ses goûts, même si elle est anglaise par sa mère et française par son père mort à la guerre. Parmi les acteurs de l'époque, elle adore Roland Toutain conduisant une Bugatti dans *Le Mystère de la chambre jaune* ou Ramón Novarro sur son char dans *Ben-Hur*. Ces choix si opposés n'altèrent en rien une amitié scellée par de généreuses concessions réciproques.

Si le Beausoleil donne un film sans intérêt héroïque ou lubrique, Teddy passe l'après-midi chez Katie. Elle joue de l'accordéon. Ses airs préférés sont *The Last Rose of Summer* ou *Parlez-moi d'amour*, le succès de Lucienne Boyer. Mme H., qui en a assez d'entendre ces deux airs et regrette de s'être laissé extorquer un accordéon par sa fille, les pousse beaucoup à jouer aux cartes. Un jour, elle doit sortir et passe, pour les dernières recommandations, dans le salon où, assis à la turque, ils tapent le carton.

— Katie, on voit ta culotte !

Le ton a été assez sévère pour que Katie serre les cuisses. Une fois Mme H. partie, Teddy s'inquiète non sans un rien de malice :

— Qu'est-ce qu'elle a ta culotte pour que tu ne puisses pas la montrer ?

Katie concède qu'en effet si la vision de sa culotte est l'objet de la réprobation maternelle, le mieux est de l'enlever, ce qu'elle fait aussitôt et ils continuent de jouer. En réalité, on ne voit pas grand-chose, à peine une ombre, suffisante toutefois pour qu'il bande et perde la première manche. Il se ressaisit, détourne le regard et gagne les deux manches suivantes. Ils ont joué des gages et Katie dit :

— Ce que tu veux !

Comme il n'a aucune idée, elle propose de montrer ses seins. En fait la proposition est hypocrite. À quatorze ans, sa poitrine est prometteuse et elle en est fière quand, dans les toilettes du Cours Saint-Maur, elle la compare à celle de ses camarades.

— Mais tu n'y toucheras pas !

Il promet. Elle ouvre sa blouse. Teddy est embarrassé. Les statues, à Paris et dans les jardins publics, l'ont instruit mais c'est du marbre, du standardisé, du rigide qu'on n'a aucune envie de caresser tandis que ces fleurs pareilles à des œillets roses incrustés dans de doux mamelons qui, loin d'être figés comme des statues, s'effacent lorsque Katie lève les bras ou gonflent si elle les baisse, dansent harmonieusement et sont doués d'une vie joyeuse, farceuse même, dirait-on. Il quitte son amie peu après, pas mal troublé. Elle aussi, mais par sa propre audace.

Le lendemain, c'est la tempête. Mme H. sait tout et a téléphoné à Blanche que, si Katie est une dévergondée, Teddy est un voyeur. Comment et par qui a-t-elle su ce qui s'est passé ? Ils étaient seuls dans l'appartement. Personne, vraiment personne ne pouvait les voir et, bien sûr, aucun des deux n'a parlé. Alors ? Pas de magie. Dans l'immeuble d'en face, au même étage, une vieille pie est à l'affût de ce qui se passe dans la rue et chez les voisins. Elle déteste Katie qui, chaque fois qu'elle la surprend à espionner, pose un carton sur le rebord de la fenêtre avec, écrit en lettres capitales : « Salope » (qu'elle écrit : salaupe) et, dernièrement, un impératif : « Crève. » Si les deux coupables n'ont pas tiré les rideaux, c'est qu'ils ne préméditaient rien. La sanction tombe : plus de cinéma, de bains au Larvoto, de parties de belote. Ils se croiseront dans la rue, à la sortie du Cours et du lycée, parfois chez des amis communs, mais les mères veillent. C'est bien jeune pour apprendre que le crime — était-ce un crime ? — est toujours puni, surtout quand on est innocent. Ils se reverront épisodiquement à Paris. L'enchantement est à jamais perdu.

Katie s'est mariée à dix-huit ans, a divorcé à vingt. Les périodes de guerre sont cruelles pour les retrouvailles. Et le temps passe : quinze années, vingt peut-être. Un jour, une nuit plutôt, presque un petit matin, rue du Bac, dans ce fumeux bistrot où, cambrée derrière son comptoir, Mme Blanche, les cils faits, la bouche en cul-de-poule, accueille la crème du Paris nocturne et plus que souvent Blondin, Vidalie, Marvier, Déon, parfois Jean-Louis Curtis, ces traînards que terrorise l'idée de rentrer chez eux avant l'aube, une femme d'une quarantaine d'années, habillée un peu lâchement mais avec une élégance qui ne s'apprend pas, juchée sur un tabouret qui oscille avec elle, boit un vin blanc et se défend de la main fureteuse d'un jeune chevelu en salopette. La lumière crue du néon accentue la fatigue proche de l'écroulement de ce visage venu d'ailleurs, égaré parmi les ouvriers de *L'Officiel*, les journalistes qui éclusent le dernier verre après le bouclage et Édouard qui, à son habitude, s'attarde pour leurrer une angoisse dont, certains soirs, il ne parvient pas à formuler les raisons.

— Teddy, je t'offre un verre !

Sans la tache près du sourcil gauche, il ne reconnaîtrait pas Katie, grossie, son beau regard vert voilé par l'alcool, la voix maintenant enrouée. Il a honte de lui-même, du monde qui piège les rêves toujours puérils et les traverse de cauchemars. Parce qu'elle le voit si soudainement désemparé, reparti en pensée dans les miettes d'un passé dont les images l'assaillent, elle redresse fièrement le buste et cesse de vaciller sur son tabouret. Par une sorte de miracle, le visage retrouve sa juvénile insolence, un éclair de l'innocence bafouée, sa spontanéité si charmante. Ou est-ce lui qui, dans un élan irrésistible, corrige de mémoire le portrait affadi, dégradé, d'un être dont il aimerait désespérément nier la ruine, sauver l'image, d'un être aimé même s'il le fut autrement que d'amour ?

— Tu te souviens de notre dernière partie de cartes ? dit-il.

Et comment, elle s'en souvient ! Elle rit, manque de s'étrangler de rire, essuie une bave au coin de ses lèvres dont le rouge s'est fendillé, ferme un instant les yeux comme si elle s'endormait. Les paupières sont lourdes de fard argenté. Édouard écarte l'entreprenant chevelu qui pose à l'artiste maudit, prend Katie par le bras et la taille pour traverser le bar enfumé soudain silencieux, la dirige vers la voiture de sport décapotée, la plie pour qu'elle s'asseye sur le siège avant, la tranquillise d'un baiser sur le front. Il conduit sagement vers Passy où le petit jour enfin se lève.

— Je voudrais faire un tour dans le Bois, dit-elle.

Ils roulent jusqu'à Longchamp, reviennent par le lac, le Ranelagh. L'air du matin a ranimé Katie qui allume une cigarette.

— Encore un tour, s'il te plaît.

Ils refont le même parcours. Au bord du lac, un homme coiffé d'un bonnet de laine lance des boulettes de pain aux cygnes rassemblés.

— Il est là tous les matins. On rentre ?

Sur le pas de la porte, elle dit :

— Ça m'a fait du bien. Je ne te propose pas de montrer mes seins. Si tu voyais ce qu'ils sont devenus ! Tu sais… cette vieille salope qui nous a dénoncés… elle est morte dans un incendie. Cramée. Il y a tout de même une justice. Sans elle, nous aurions peut-être été copains jusqu'à la fin des jours, peut-être même que tu serais mon amant éternel. Adieu, mon gentil Teddy. Tu ne sais pas comme c'est formidable que je t'aie rencontré juste ce soir… Chut !… pas de questions ! Adieu, mon gentil Teddy.

Du roman, les pages égarées entre le début et la rencontre au Bar-Bac, entre le Bar-Bac et la fin n'ont jamais été retrouvées.

Teddy souffre d'angines répétées. Derrière sa luette prolifèrent des bêtes immondes qui le rendent aphone et lui interdisent d'avaler autre chose que des liquides tièdes. L'avantage est qu'à chaque crise il reste à la maison, en robe de chambre, le cou bandé dans un foulard de soie, la gorge badigeonnée de bleu de méthylène. Quand les parents s'absentent, il plonge dans le rayon interdit de la bibliothèque paternelle. À douze ans, il a déjà lu Francis Carco (*Perversité*), Maurice Dekobra (*La Madone des sleepings*), Marcelle Tinayre (*La Maison du péché*), Maurice Magre (*Priscilla d'Alexandrie*), Renée Dunan (*La Culotte en jersey de soie*), Marcel Prévost, de l'Académie française (*Les Demi-Vierges*) et quelques autres romans aussi oubliés depuis.

Les angines se montrant persistantes, Teddy est conduit à Nice où opère un célèbre oto-rhino-laryngologiste. Le docteur V. est un bel homme, élégant, à l'autorité expéditive. D'après lui, rien n'est plus simple qu'une ablation des amygdales. Teddy restera deux jours à la clinique. Papa, qui l'accompagne, en profite pour se plaindre de maux de tête localisés sous le lobe frontal gauche. Le docteur examine le fond de l'œil avec une loupe et une lampe électrique, se fait préciser les symptômes et diagnostique une banale sinusite. Avec une sonde, il propose de cureter le sinus encombré d'humeurs. Les deux opérations se feront le même jour. Teddy et Papa occuperont une chambre au premier étage. Rendez-vous est pris pour la semaine suivante. Même si c'est très rapide, Papa est convaincu. En rentrant, il dit :

— Il faut se confier aux hommes de l'art.

Bien que l'on soit dans les années trente, la clinique n'a rien d'une véritable clinique. En fait, il s'agit d'un ancien hôtel particulier et, quand ils se présentent, un infirmier les installe dans une chambre avec un lit à baldaquin et un autre lit mais de camp celui-là, près d'une double fenêtre aux lourds rideaux retenus par des embrasses dorées. Les meubles sont vieillots. Aux murs, couverts d'une étoffe en damas fatigué, sont accrochées des gravures que Teddy pourra, de son lit, détailler longuement : une série d'illustrations des *Fables* de La Fontaine. Papa est un peu désarçonné par cette pièce qui correspond si mal à l'idée conventionnelle que l'on se fait d'une clinique. D'autant plus qu'Auguste, l'infirmier, très solennel — mais n'allant pas jusqu'à écraser une larme au coin de l'œil —, leur apprend que la grand-mère du docteur y est morte le mois dernier.

— On sent encore sa présence, ajoute-t-il.

Et c'est vrai que, dans cette chambre, règnent une odeur cireuse, des relents de tisane et d'onguents, peut-être même d'incontinence. Par chance, Papa possède à fond l'art de renverser les situations désagréables comme d'exprimer son pessimisme pour les plus favorables.

— Tout ce qui pourrait nous rappeler qu'on va nous charcuter, toi et moi, est effacé par la laideur de cette chambre. Ici, nous sommes chez des parents de province pour un bref, très bref week-end.

Entre le docteur V. en blouse blanche. Il porte son stéthoscope comme d'autres le grand cordon de la Légion d'honneur. Sa confiance en soi est contagieuse. Teddy et son père dîneront légèrement ce soir. Les interventions sont prévues pour huit heures et huit heures et demie demain matin.

— Surtout, pas d'appréhension, conclut-il.

Papa, visiblement offusqué, ne répond pas. Récemment, il a refusé de se faire insensibiliser pour une opération au coude. Il aime évoquer l'histoire du renard et du jeune Spartiate qui se laisse dévorer le ventre plutôt que d'avouer son larcin. Le dîner est frugal, servi par Auguste, l'infirmier, qui, pour l'occasion, a revêtu un gilet rayé. Entre le potage (infect) et le dessert (un biscuit plus très jeune), on apprend qu'Auguste a passé dix ans dans l'infanterie coloniale. Au service de santé, précise-t-il pour justifier ses compétences. C'est un grand homme aux belles bacchantes, aux cheveux en brosse, à l'accent alsacien.

Il leur a laissé des pilules pour dormir et Teddy aura quelque mal à ouvrir les yeux quand Auguste apportera un verre d'eau minérale pour petit déjeuner. En pyjama, il descend dans la salle d'opération, accompagné par les vœux de Papa qui a entrepris une longue toilette.

Salle d'opération est un mot flatteur pour la grande pièce blanche où on le conduit. En fait, à des signes, on comprend que c'est l'ancienne cuisine équipée d'un lavabo, d'un autoclave, d'une armoire à pharmacie béante, d'un lit opératoire, mais on n'y couchera pas Teddy. En blouse blanche douteuse, l'infirmier s'est assis sur une chaise, et le prend sur ses genoux ligoté dans un drap comme dans une camisole de force. Le docteur V. a coiffé un drôle de bonnet blanc et rond qui tient à peine sur son crâne.

— Tu respires très fort dans le masque et tu t'endors. Auguste a la main sur ton cœur pour être sûr que tout va bien. N'aie pas peur !

Teddy est aussi vexé que son père la veille.

— Je suis courageux.

— Ça, c'est bien ! dit Auguste. Tu feras un bon soldat.

Le docteur V. prend sur la table une sorte de sécateur en acier chromé. Teddy remplit hardiment ses poumons d'éther et tombe aussitôt dans un trou sauvage où s'agitent des hommes en blanc qui hurlent. Il se réveille avant la fin. Une pince lui taillade encore la gorge et il vomit un flot de sang sur sa camisole. C'est fini. Dans une bassine, il continue de cracher des caillots, des matières grumeleuses, infectes et puantes, peut-être des bêtes, ces fameux microbes aux pattes velues armées de griffes qui macéraient au fond de sa gorge depuis des mois. Sous le menton de Teddy, Auguste maintient ferme la bassine bientôt remplie de sang et de vomi pendant que le docteur V. dépose délicatement dans un flacon d'alcool les amygdales, deux espèces de rognons chiffonnés, rouges, bruns, verdâtres.

— Voilà, dit-il, garde-les précieusement et ne les laisse pas s'évader. Ces méchants ont empoisonné ta vie. S'ils s'échappaient, ils pourraient retourner dans ta gorge ou celle de ta petite amie.

Outré qu'on le prenne pour un imbécile, Teddy ne parvient pas à répondre. Des spasmes le secouent. Il ruisselle de sueur et n'a plus rien à vomir. C'est bien le pire. Auguste le délivre de la camisole, essaye de le mettre debout. Il faudra le porter dans la chambre. À mi-escalier, ils croisent son père en pyjama.

— Tu n'as pas eu mal ?

Teddy hoche la tête et vomit dans la serviette qui le bâillonne. Au lit, il se rendort, écœuré par l'odeur obsédante de l'éther qui le poursuit. Il se réveillera au retour de Papa penché sur lui, blême, un tampon ensanglanté dans la narine gauche, qui lui caresse le front.

— Maman vient cet après-midi. Dors.

Les rideaux tirés les plongent dans l'obscurité, trop blessés pour dormir profondément, secoués par les avertisseurs de voitures qui passent, les cris des gens dans la rue, une porte qui claque à l'étage au-dessous. Teddy rêve éveillé. Sa gorge brûle comme si on y portait le feu chaque fois qu'il avale sa salive. Papa dort avec un léger sifflement, des râles étouffés quand sa respiration se bloque. Les heures passent. Combien ? Aucun des deux ne saurait le dire. Blanche apparaît, marchant sur la pointe des pieds. Elle sent délicieusement bon, ce léger parfum qui la suit telle une ombre dès le matin et accompagne sa grâce et le moindre de ses gestes comme une musique de fond. Une lampe de chevet s'allume. Blanche ouvre une boîte de chocolats. Teddy refuse en secouant la tête. Son mari la regarde avec tendresse et dit :

— Il ne peut ni parler ni manger, sauf une glace.

— Et toi ?

— Oh, moi, je vais très bien ! Je déteste le chocolat.

Au mouvement qu'il fait, le pansement sort de son nez et le sang coule dans sa bouche. Affolée, Blanche cherche une sonnette, n'en trouve pas, sort en courant et revient avec Auguste. Il n'y a pas de quoi s'alarmer. Tout est normal. Des glaces sont prévues pour Teddy, et monsieur pourra dîner dans la chambre. L'infirmier-valet de chambre tire les rideaux. En fin d'après-midi le ciel est rouge. Blanche ouvre la fenêtre et de l'air frais se rue dans la pièce, chasse les odeurs médicamenteuses. On entend un bruit de tôles froissées suivi d'une altercation en dialecte.

— Ferme ! dit Papa.

— Mais ça sent le fauve !

— Ferme ! je te dis.

— C'est mieux pour se reposer, dit Auguste qui a suivi Blanche.

Il ferme la fenêtre, tire les rideaux.

— À quoi veux-tu ta glace, Édouard ?

Il se met à psalmodier comme les marchands de glace ambulants :

— Fraise, vanille, pistache, citron, chocolat.

Teddy est incapable de répondre autrement que par un gargouillis. Blanche s'agenouille près du lit et passe son bras sous la tête de son fils qui ouvre la bouche et sort une langue si sanglante qu'elle s'affole :

— Il faut faire quelque chose. Appelez tout de suite le docteur V. Cet enfant n'est pas bien.

— Oh, dit Auguste avec autorité, le docteur n'y peut rien. Édouard s'est réveillé en sursaut avant la fin. La pince a glissé et entaillé un peu la gorge. Demain, il n'y paraîtra plus… Si vous aviez vu la semaine dernière, c'était bien pire…

Blanche est folle de rage :

— Tu as entendu, Paul ? Ce docteur V., tu jurais par lui… C'est un charcutier. Un escroc. Ça, une chambre de clinique ? Une morgue, oui…

Elle ignore l'histoire de la grand-mère, mais par éclairs douée d'extralucidité, elle a pressenti dans cette chambre ignoblement bourgeoise une présence vengeresse qui s'attaque à son fils et, peut-être, à son mari. Auguste apporte de la glace à la fraise dans un bol ébréché et Blanche glisse une cuillère entre les lèvres desséchées de Teddy : ce n'est pas du froid qu'il goûte mais une lame de feu qui lèche son gosier, se glisse le long de la trachée et tombe dans un estomac vide. L'estomac renvoie un jet de fraise sur l'oreiller.

— Faites monter tout de suite le docteur V.

— Madame, le docteur est de sortie. Il ne reviendra que demain matin.

Blanche est si furieuse que, de son lit, Papa doit la calmer.

— Ces réactions sont très normales. V. m'a prévenu. Nous n'avons besoin que de calme, de silence.

— C'est ça ! Dis-le tout de suite que je suis de trop !

Des larmes montent aux yeux de Blanche. Devant Teddy, ils n'ont jamais eu de mots. Depuis leur mésentente — si mésentente il y a — une politesse extrême règne entre eux. Ils ont même des attentions dont l'idée ne leur serait jamais venue auparavant. Ce bref éclat soulève un coin du voile que l'on rabat vite. Papa la prie de l'excuser. Blanche sèche ses larmes (tout au plus deux) et retrouve son jeune visage si tentant. Auguste, sorti dès les premiers mots, revient avec des taies et des draps propres. Blanche l'aide à refaire les lits. Papa tient mal sur ses jambes et doit s'asseoir dans un fauteuil. Teddy se laisse porter comme un paquet dans les puissants bras d'Auguste qui le borde gentiment, jette sur le palier le linge souillé, remplit les carafes d'eau et s'assure que les rideaux sont bien tirés. Il va demander au docteur V. de faire l'impossible pour venir ce soir.

— Ce n'est pas la peine, dit Papa. Nous nous sentons déjà mieux.

Blanche voudrait rester, quitte à passer la nuit par terre, sur un matelas. Il l'en dissuade. Le sommeil est le meilleur des remèdes. Ils vont dormir tous les deux. « N'est-ce pas, mon grand ? » Ces mots, « mon grand », remplissent Teddy d'un inexprimable bonheur. Jamais son père ne lui a parlé ainsi. Du coup, il essaye d'avaler une nouvelle cuillère de glace à la fraise et, cette fois, ça passe et sa gorge en feu s'apaise un instant. Blanche s'en attribue le mérite et va se regarder dans le miroir au-dessus de la cheminée. Elle tamponne ses yeux avec un mouchoir, vérifie sa coiffure « à la garçonne » qui lui va si bien.

— Je vous laisse, mes deux hommes.

La fin d'après-midi s'écoule à somnoler dans le parfum laissé par Blanche. Papa respire bruyamment, Teddy lutte contre les nausées. L'infirmier monte, tapote les oreillers, prend les températures qu'il inscrit sur une feuille épinglée à la porte. Du dehors ne parviennent que des bruits espacés : pneus crissant sur l'asphalte de la chaussée, avertisseur bloqué, heures scandées par une église proche. Papa dîne seul à une petite table et Teddy avale difficilement une nouvelle boule de glace. Auguste revient débarrasser, retaper les lits. Il est à peine huit heures. La nuit sera longue. On garde une veilleuse. Papa essaye de lire malgré une atroce migraine à laquelle ne remédient guère de vulgaires cachets d'aspirine, seul analgésique disponible à la « clinique ». Il marche de long en large, portant la main à son front ou enfonçant du doigt le tampon d'ouate et de gaze qu'il faut changer toutes les heures. Teddy le suit des yeux, éructe quelques mots. Papa s'arrête et se penche vers lui :

— Tu as mal ?

Teddy nie en remuant la tête, se rendort, se réveille pour voir son père assis sur le bord du lit à baldaquin, un livre en main mais le regard errant ailleurs. La lampe de chevet est restée allumée et Teddy voit dans l'ombre, au pied de son lit, la silhouette de son père, debout, le regardant.

— Tu ne dors pas, mon petit ?

Teddy secoue la tête. Papa pose une main sur le lit et caresse le pied sorti du drap.

— Il y a un mois, j'ai été injuste avec toi. Ce coup de revolver, j'y pense encore… Dieu n'a pas voulu… Je t'avais puni pour quelque chose dont tu n'es pas responsable… cette lettre de ton camarade. Ça me poursuit. Je déteste l'injustice. Avec toi, c'est un crime. Mon excuse est que mes migraines me rendent irritable et facilement injuste avec toi ou ta mère, et même dans mes fonctions, mais il n'y a pas de vraie excuse pour une injustice. Si, un jour, tu as des enfants, ne sois jamais injuste avec eux. Quand on découvre qu'on l'a été dans un mouvement d'humeur, c'est intolérable. Mes parents étaient des gens simples qui cachaient leur bonté sous la sévérité. Je suis moins simple qu'eux en partie grâce à ta mère et, sans doute, moins bon à cause d'elle. Il faut me comprendre et la comprendre.

Teddy parvient à articuler un faible « oui ».

— … oublie et pardonne-moi… pour que je retrouve la paix…

Teddy écoute intensément cette voix de la nuit qui lui parle comme dans un rêve.

— … la paix ! Je n'ai qu'un enfant et voilà que, dans un absurde mouvement d'humeur, je l'ai injustement accusé. C'est un poids sur ma conscience, un poids insupportable. Il faut que je l'avoue pour que nous nous aimions. Nous n'en parlerons plus jamais. Tu essayeras seulement de t'en souvenir quand je ne serai plus là.

Il se rapproche de la tête du lit et s'agenouille près de Teddy qui a tendu les bras. Enlacés, joue contre joue, ils mêlent leurs larmes.

Le fils retrouvera la voix et le père sera de nouveau distant, déjà ailleurs. Dans peu de semaines, sa sinusite se révélera être une tumeur au cerveau et il sera muré dans un autre monde, à son tour aphasique, enfermé dans le silence, le regard brûlant. Quand ils se trouvent seuls à l'hôpital de la principauté où Teddy passe chaque jour entre deux cours et cherche une réponse qui les réunirait encore une fois, les yeux sombres que voile déjà la fin inéluctable brillent un instant et la seule main valide serre légèrement, plusieurs fois, la main du fils.

Chacun dut emporter, l'un dans la tombe, l'autre dans la vie, le regret et le remords de s'être si peu, si mal exprimé, d'être passé sans voir l'autre, ni lui marquer d'affection que dans le rituel quotidien.

Une enfance inachevée ne cicatrise jamais.

À bord de son huit mètres, l'*Aile-III*, Virginie Hériot vire à la bouée devant le casino et prend trois longueurs au *Glorious* de John Filler au moment où le corbillard attendu depuis un bon quart d'heure s'arrête devant la haute galerie italienne qui abrite les cases du columbarium. Le retard est le fait du prince. L'évêque a plusieurs fois consulté sa montre, marmonné quelques mots avec le coadjuteur. L'enfant de chœur chargé de balancer l'encensoir est le plus jeune frère de N., le champion des descentes d'escalier. L'abbé Chomet s'est gardé de venir. Les officiels en veston bordé noir, pantalon rayé, col dur cassé se couvrent ou se découvrent sans savoir ce qui est le plus correct. Le cimetière domine la ville basse, le port, le Rocher et le Monte-Carlo. La lumière est d'une pureté inouïe. À l'est, s'avance la masse sombre du cap Martin avec ses toits rouges noyés dans le vert de la pinède. À l'ouest, le cap Ferrat est langoureusement avachi dans la mer. Des amies entourent Blanche. De temps à autre, elle soulève son voile de gaze noire et montre un visage défait soudain si pâle qu'on la croit prête à s'évanouir. Le personnage en tiers dans sa vie n'a pas eu le front de se présenter. Teddy est seul de son âge. Mme H. est là, mais sans Katie. Comme il regrette son amie ! Ils se seraient donné des coups de coude. Elle pleurerait plus que lui. Le *Glorious* a repris deux longueurs à l'*Aile-III*. Peu friand de ce genre de cérémonie, le prince est enfin là : manteau, chapeau gris, lui qui n'aime que les casquettes. S'il est venu, c'est peut-être pour effacer un remords : pendant les trois mois d'hôpital il n'a pas fait un signe à son fidèle conseiller. Il lui doit pourtant beaucoup si l'on en croit Blanche. On ne serre pas de mains, on se contente d'incliner la tête. Le cercueil glisse sur une rampe et quatre croque-morts (l'affreux mot !) le posent sur des tréteaux. Il est midi, l'heure où, dans les calmes plats, une légère brise descend de la montagne, emplit les voiles. Le *Glorious* tente de passer à bâbord de l'*Aile-III* et de lui couper le vent. Chapeaux à la main, les officiels essayent en vain de domestiquer des mèches rebelles. Heureux les chauves. Le prince a la chance d'avoir des cheveux coupés court, en brosse. Mains croisées sur le ventre, raide au garde-à-vous, il écoute l'évêque donner l'absoute. Le cercueil est en chêne — ou peut-être est-ce une bonne imitation. Sur le couvercle un simple crucifix en bois et un coussin rouge avec la croix de la Légion d'honneur, les ordres de Saint-Charles et de la couronne d'Italie. Il y tenait. Petite gloriole d'un homme de l'ombre. Pour le crucifix, la question se pose : l'aurait-il souhaité, lui qui, pour une raison inconnue, s'était brutalement éloigné de l'Église ? Et n'allait-il pas soulever le couvercle, se dresser et, le bras tendu, accuser Blanche, l'évêque, les courtisans et ses rares collaborateurs présents de l'avoir trahi ? Vain espoir… Avant que l'on cloue le couvercle, il avait l'air totalement résigné, en fait, il avait l'air… ailleurs, distrait comme si souvent depuis quelque temps, sans doute mal à l'aise, engoncé dans son habit avec les mini-décorations en brochette. Le col dur meurtrissait la peau flasque du cou, déjà très jaune. Autour des tombes voisines, dans les allées bordées d'ifs, se promènent des familles embarrassées par un pot de fleurs, des bouquets de chrysanthèmes. Les veuves sont en noir, les enfants s'ennuient et jouent à cache-cache derrière les stèles et les chapelles funéraires. L'évêque passe le goupillon aux suivants. Le prince serre la main de Blanche, de Teddy et s'en va à grands pas. Deux escabeaux permettent aux croque-morts de hisser le cercueil au troisième étage du columbarium où l'attend la gueule ouverte d'une cellule. On enfourne le cercueil. Un dernier regard à ce qui n'est plus qu'une caisse en bois verni et, déjà, on visse la plaque du couvercle avec les dates : 1889-1933.

— Édouard ! dit Blanche.

C'est vrai qu'à la seconde où la plaque de marbre a été posée, Teddy a ressenti une horrible angoisse : s'est-on bien assuré que son père est mort, qu'il ne risque pas de se réveiller dans la nuit de cette funèbre cave ? S'il crie au secours, personne ne l'entendra. Pour refouler cette pensée, Teddy détourne son regard. À quelques pas d'eux passent trois femmes en noir. La plus jeune a le même âge que lui. Tout le lycée convoite Lucienne : un jeune échalas en jupe au-dessus du genou et longues jambes gainées de noir. Ils échangent un de ces coups d'œil qui reportent les choses à plus tard. On dépose au pied de la plaque un bouquet de lys comme Papa les aimait : orgueilleux, éloquents, nobles. Forte était sa foi dans les bienfaits de la monarchie. Il n'y a plus, autour de Blanche, que les amies. Pas un seul homme. Comment est-ce possible ? Elle les attirait comme des mouches. Ou faut-il croire que, désormais sans mari, elle a perdu de sa séduction ?

— Édouard ! appelle-t-elle encore une fois, plus plaintive.

Oh, non ! Pas de reproches ! Le passage de Lucienne ne l'a distrait qu'une seconde. Un muet rendez-vous est pris pour dans quatre ans sur une banquette de wagon, la nuit, entre Aix-en-Provence et Paris, le soir du bac de Philo, mais ce sont là encore des choses très imprécises dont aucun des deux ne connaît le détail. Le prince est parti rejoindre sa voiture. Son départ libère les officiels et les curieux. L'*Aile-III* victorieuse est bord à bord avec la goélette « amirale » de Virginie Hériot. Probablement mis en panne en attente de la fin des régates, le blanc *Stella-Polaris* range le Rocher, montre son étrave et glisse lentement jusqu'à l'entrée du port pour aller s'amarrer au quai des paquebots de faible tonnage. Être appelé en public « Édouard » est une nouveauté. Il n'y a pas assez de voitures pour tous. Édouard — puisque désormais il y a — veut rentrer à pied, à peine l'affaire d'un quart d'heure. Marcelle C. dit qu'elle préfère aussi marcher. Elle l'accompagnera. C'est une grande femme à la bouche très peinte, aux cheveux de jais coupés à la garçonne. On la prétend d'origine turque. Papa disait qu'elle exhibe les plus jolies jambes du monde et Teddy, en bon élève, a étudié ces fameuses jambes à la plage ou quand Marcelle, assise, les croise. Il les tiendra dès lors pour un modèle impératif et c'en est certainement un. Avec elle qui le tutoie et qu'il vouvoie, suivis par deux pleureuses maniaques des enterrements, ils remontent vers le boulevard de l'Observatoire.

— Je crois, dit Marcelle avec une grande douceur, que nous traversons un moment où les silences parlent pour nous.

— Papa assurait que vous aviez les plus jolies jambes du monde.

Marcelle s'arrête et couvre son visage de ses mains. Un violent sanglot la secoue, toute droite dans son manteau noir.

— Teddy, nous partageons le même chagrin.

Elle découvre son visage brillant de larmes qui brouillent sa vue, mais elle sourit.

— Le plus terrible, dit-il, est que maintenant Papa est seul. J'aurais dû rester un moment avec lui. Il est entouré d'inconnus prisonniers de leurs cases.

Édouard souffre de maux inavouables à cette heure : son costume de drap rétréci à la teinture (deuil en vingt-quatre heures) le gêne aux entournures. Cette gêne augmente depuis qu'il marche au pas de Marcelle et voilà qu'en plus, comme il n'avait pas de chaussures noires, Blanche lui a imposé une paire appartenant à Papa. Il flotte dedans craignant de les perdre s'il ne garde pas les doigts de pied crispés sous l'embout. Sa démarche saccadée est mal interprétée par la jeune femme qui le croit tétanisé par l'horreur de la cérémonie. Malheureux il l'est, mais c'est, en ce moment, d'être distrait par la vie blessante qui tourbillonne autour de lui et l'éloigne chaque minute un peu plus de cet homme écroué dans un tiroir, disparu à jamais pour tous ceux qui l'ont connu.

— Marcelle, est-ce que vous croyez à la réincarnation ?

Surprise, elle s'arrête pile et le regarde dans les yeux. Toute la naïveté de cette tendre femme éclate soudain : elle n'y a jamais pensé, elle n'a rien imaginé de pareil.

— Qu'est-ce que tu veux dire ?

— J'ai lu quelque part, dans la bibliothèque de Papa, que quand tous ceux qui l'ont connu sur cette terre sont morts, un homme de cœur renaît dans le corps d'un enfant n'importe où dans le monde…

— Eh bien, dit Marcelle, ce n'est pas une idée consolante. Nous ne revoyons donc jamais nos aimés ?

Si elle pense à ses fugitifs amants, elle a des raisons de les regretter encore qu'elle n'ait ressenti de véritable attachement pour aucun d'eux. La nostalgie aidant, on se fabrique tout de même de fausses amours très embellies par l'imagination. Ils sont au pied de l'immeuble où Blanche, accompagnée par quelques amies, est déjà arrivée.

— Je ne sais pas si je vais monter rejoindre Maman.

— Tu ne peux pas la laisser seule. C'est toi l'homme, maintenant.

— Mon vrai problème est qu'il faut changer de chaussures. J'ai atrocement mal aux pieds avec celles de Papa. Autrement…

— Autrement ?

— J'escaladerais la montagne jusqu'à la Turbie, jusqu'au mont Agel et peut-être que je reviendrais dans cent ans.

— En effet, dit Marcelle, ce serait une bonne manière de guérir sa rage.

Elles sont là, une demi-douzaine dans le salon. Depuis que l'ordonnance est partie, Giuseppina Staffaroni, la cuisinière, a pris les choses en main. De retour du cimetière, encore endimanchée, les cheveux couverts d'une mantille, elle a servi des vermouths et des biscuits salés, un peu étonnée qu'on ne l'invite pas à s'asseoir avec les autres autour de Blanche. Chaussée de talons aiguilles, elle se tord les pieds à chaque pas et ne s'est jamais sentie aussi divine. Du vestibule, Édouard entend la voix épuisée de sa mère :

— Je crois… je crois que Teddy… enfin Édouard maintenant qu'il est l'homme de la maison, je crois qu'Édouard sera fin et sensible.

Voix de Marcelle :

— Il l'est depuis longtemps.

Une autre voix, probablement celle de Gladys F. :

— C'est traumatisant de passer d'un coup de l'enfance à la maturité.

De crainte qu'on ne parle trop de lui, Édouard les rejoint. Assise dans une bergère, Marcelle allonge ses célèbres jambes qui ont perdu un de leurs admirateurs. La conversation est tombée à son entrée. On trempe une lèvre dans le vermouth. Gladys F. glisse un biscuit salé entre ses dents. Le grignotement est d'une telle indécence à cet instant qu'elle enchaîne avec conviction :

— Chère Blanche, tout ne s'arrête pas avec la mort. Il faut affronter la vie avec courage...

Et vite, elle croque le reste du biscuit qui fait un bruit d'enfer qu'elle essaye de couvrir en toussant dans son poing fermé. Sur le tapis tombent des miettes que son pied trop élégamment chaussé d'escarpins en crocodile cache en les écrasant un peu plus.

Édouard les quitte et se calme en parcourant dans les deux sens le long couloir communiquant avec les chambres, la cuisine et l'office. Personne n'a encore osé débarrasser le portemanteau des cruels souvenirs : un manteau beige, un feutre borsalino, une casquette de yachtman et une canne en bambou à poignée d'ivoire. Depuis trois mois leur présence étaye une fragile convention : il revient, il a retrouvé la parole, il marche en faisant tournoyer sa canne. Sa maladie est un cauchemar déjà dissipé puisque tout est là y compris sur un guéridon de fumeur le paquet de gris avec lequel, après déjeuner, il roule lui-même une cigarette dans un papier Job. Aujourd'hui, la convention est éventée. Il est inutile de maintenir cette fiction à laquelle, malgré toute raison, on s'accrochait encore deux jours auparavant. Qui osera y mettre fin, et avec quel déchirement ? Édouard a pu se déchausser. Marcher sur les dalles rafraîchit ses pieds brûlants. Il y a toujours cette dalle descellée qui grince légèrement devant la chambre de Papa. La porte est ouverte. Sur la table de chevet, quelqu'un… a posé un vase bleu et un bouquet d'anémones. Près de la porte-fenêtre, son bureau l'attend : l'encrier en verre blanc, un coupe-papier en ivoire, un sous-main avec ses initiales. Le lit est fait comme il aimait : deux oreillers superposés en plus du traversin. Les atroces névralgies des derniers mois l'obligeaient à dormir pratiquement assis. Une pendulette s'est arrêtée peu après son départ : douze heures trente. La nuit ou le jour ? Giuseppina Staffaroni entrouvre la porte de la cuisine et, l'index en crochet, lui intime de la rejoindre.

— *Edoardo ? hai fame ? Vieni ! Ho qualche cosa per te…*

Dans l'office, sur la toile cirée recouvrant la table, un linge blanc cache une forme ronde. Giuseppina soulève le linge : une tourte à la tomate décorée d'olives noires et de piments verts. Elle remplit un verre de limonade. Comment avaler quoi que ce soit sans le vomir aussitôt même s'il a faim ? Pour oublier cette faim, il se prend la tête entre les mains et ferme les yeux. L'image provocante de Lucienne, en jupe trop courte et bas noirs, passe sur l'écran.

— *Mangiare, Edoardo !*

Elle est inouïe la Staffaroni à tête de gorgone frisée sous la mantille, avec son gros nez truffé, trop de rouge sur ses pommettes, une croix en verroterie pendue par un ruban noir à son cou et ses énormes mains aux doigts crevassés par la lessive, posées sur la table comme des battoirs de blanchisseuse. Dès qu'elle ouvre la bouche, un nuage d'ail remplit l'office. Édouard éclate en sanglots et cache sa tête dans ses bras.

— *Non piangere, Edoardo ! Papa è partito per il cielo.*

Le ciel ! Mon Dieu, comme c'est loin ! Et l'éternité de ce voyage... prisonnier de l'affreuse caisse ! Édouard ouvre l'écluse aux larmes, enfin... oui, là, dans l'office, devant la tourte et le verre de limonade, devant Giuseppina Staffaroni qui parle à peine français, comprend tout, ne dit rien et hoche la tête, cheval harcelé par les mouches, imprimant à ses lourdes boucles d'oreilles un fascinant mouvement de pendule.

Du vestibule parviennent des voix étouffées. On se parle comme si un malade sommeillait dans la pièce voisine. Marcelle a donné le signal du départ aux « pleureuses » dont les bonnes intentions doublées de curiosité exaspèrent Blanche.

Quand Édouard rejoint sa mère, elle est assise à

croupetons dans sa chambre face à une montagne de lettres, de pages manuscrites, de petits carnets de note en provenance du tiroir béant de la commode italienne. Après un coup d'œil très bref — et même parfois sans regarder, reconnaissant l'écriture — elle déchire et enfourne les morceaux dans un sac de toile que Teddy reconnaît : c'est le sac de marin dans lequel Papa emportait son linge de rechange, ses affaires de toilette, deux ou trois livres quand il partait en bateau.

— Laisse-moi seule un instant, veux-tu, mon garçon. Nous sortirons avant le dîner.

Pendant deux heures, elle reste enfermée. À la fin, le sac est plein à craquer et elle s'est changée : jupe d'été, chemisier blanc. Un foulard maintient ses cheveux. Elle devance un reproche que son fils ne songe pas à lui faire :

— Ce qu'on en pensera m'est tout à fait égal. Et change-toi aussi. En noir, tu es pathétique. Nous allons prendre l'air. Une balade en voiture et dîner à Nice ou à Cannes, loin d'ici. Descends-moi ce sac et mets-le dans le spider de la voiture. Si Giuseppina est encore là, dis-lui de venir me voir… Tu as les yeux très rouges.

— J'ai pleuré avec elle. Je n'aurais pas dû me retenir au cimetière.

— Non, tu as eu raison. Avec elle tu pouvais pleurer des niagaras de larmes. Elle ne l'oubliera pas, mais toi tu l'oublieras. Va te préparer.

La nuit approche. Un chapelet de lumières dessine la côte. Son grand pavois illuminé, le *Stella-Polaris* quitte le port. Prochaine escale : Gênes. Harassés par la visite au pas de course du musée océanographique et un tour à la salle de jeu où on les a rapidement dépouillés d'un paquet de dollars, les passagers s'habillent pour dîner, boivent un cocktail au bar ou, silencieux, accoudés au bastingage de poupe, regardent s'éloigner le quai de cette terre d'opérette dont ils n'ont vu que le décor sans avoir le temps de jeter un coup d'œil dans les coulisses.

Assis sur un banc de la haute corniche dominant la côte, Blanche et son fils contemplent le feu qui dévore les derniers papiers. Le sac de marin ne s'est pas entièrement consumé. En brûlant, il a éclaté. Des fibrilles se tortillent sur le sol de ciment tandis qu'au passage tout proche d'une voiture sur la route en aplomb volettent des feuilles calcinées. Très calme, Blanche n'a pas prononcé un mot depuis qu'elle a pris le volant pour les amener sur cette demi-lune d'où l'on commande au jour et à la nuit. Édouard ose à peine lui jeter un coup d'œil. Elle fume une cigarette après l'autre, écrase le mégot d'un sec coup de talon, repousse vers les dernières braises une enveloppe au timbre étranger, la couverture d'un carnet en moleskine rouge que la chaleur plie en accordéon. À leurs pieds, la principauté est un damier de toits ocrés avec de rares éclaircies pour les jardins. Impossible de repérer dans ce monde lilliputien le cimetière proche de l'hôpital et du jardin exotique. Derrière Blanche et Édouard se dresse le mont Agel et s'ouvrent de profondes vallées boisées de chênes verts, de maigres oliviers et de pins aux griffes plantées dans la caillasse laissée par d'anciennes congères dont le professeur d'histoire et géo dit qu'elles ont disparu à la dernière ère glaciaire, il y a vingt mille ans. Depuis, la terre s'est réchauffée. Pas assez, cependant. Blanche frissonne et se couvre du châle qu'Édouard est allé lui chercher dans la voiture.

Il y a un mois à peine, guidée par un jeune botaniste, la classe d'Édouard est passée par là. Du versant nord de la crête descend dans la vallée un chemin de chèvre dont la pierraille roule sous les pas. La végétation est de gentianes, de lentisques, de genêts d'Espagne. Le botaniste se penchait sur un bouquet de saxifrage apparu entre les pierres d'une ancienne aire de battage, quand une grêle de cailloux s'est abattue sur lui et ses élèves. Plus haut, protégés par un mur de granit, de jeunes bergers défendaient leur territoire et retenaient leurs chiens. Pas assez cependant. L'un d'eux, un grand bâtard baveux, avait mordu au mollet Georges G. Pas gravement, mais l'ennui est que Georges G. est un râleur, dit Édouard à sa mère :

— … il a déterré un pieu de l'enclos et s'est rué sur l'ennemi…

— Oui, répond Blanche.

Elle n'écoute pas la suite, en est restée à la pluie de pierres, à cette lapidation d'une troupe d'enfants par d'autres enfants.

— Ce sont des sauvages, dit-il.

— Ce sont de petits hommes…

— C'est tout près d'ici. De l'autre côté de la crête.

En cinq ans, Blanche n'a probablement jamais franchi cette crête et il est possible qu'elle n'en ait même pas eu la curiosité. Il y a des grâces. Une autre grâce est que la mère et le fils se connaissent si peu. La nuit est tombée d'un coup. Le *Stella-Polaris* passe le travers du cap Martin.

— Tu es là ? demande Blanche, la gorge serrée.

— Oui.

Seuls leurs vêtements clairs les dessinent dans la pénombre. Elle aimerait avouer des choses impossibles, des choses au-delà des mots. Dans sa tête douloureuse de femme brutalement renvoyée au coin par celui qui la mettait en lumière, dans sa tête ce qui vient d'arriver est à la fois trop rapide et trop flou.

— C'est ma faute, dit-elle à voix basse, et c'est ton père qui a payé.

Quand l'employé du cimetière a vissé la plaque de marbre qui leur a caché à jamais le cercueil — oh, le cruel grincement du tournevis creusant le marbre —, Blanche s'est raidie, de glace soudain, ailleurs pour toujours parmi les amies qui l'entouraient, défiant sinon leurs regards du moins leurs pensées secrètes. On ne l'atteindrait pas comme ça ! Le seul qui aurait pu lui demander des comptes ne l'a jamais fait. Quel orgueil de la part de cet homme couché impunément dans sa bière, enfermé à double tour dans sa tombe, entamant la première nuit de son long chemin vers la Sérénité, appuyé sur sa canne au pommeau gravé d'une fleur de lys ! Parti sans un mot, sans le plus simple geste affectueux, accablant de sa confiance la femme de sa vie. Un égoïste !

Du pied, elle disperse les dernières cendres. Une âcre fumée les fait éternuer tous les deux.

— Mourir comme ça, dit-elle, est d'un égoïsme impardonnable. Quelle vengeance !

Elle se lève et se dirige vers la voiture :

— J'ai fait le vide, dit-elle. Vérifie que tout a brûlé. Je ne verserai pas une larme en relisant une seule lettre de ton père, ni celles que je lui écrivais.

— Il n'y avait que vos lettres à tous deux ?

Blanche ne répond pas. Bien sûr que non. C'est la grande artiste des silences qu'elle invite à peupler d'hypothèses. Édouard avancerait bien des noms, les uns avec certitude, les autres au hasard, mais sa mère, ce soir, est un roc et l'ombre voile de deuil son visage nu beaucoup plus beau que lorsqu'elle se farde.

— Allons dîner à Nice ! Toi et moi ! Il y a longtemps que ça ne nous est pas arrivé.

Si longtemps qu'il ne s'en souvient pas. Qui cherche-t-elle à abuser ?

— Dommage que tu ne saches pas conduire.

— J'ai seulement treize ans.

— Bien sûr... je ne l'oublie pas. C'était pour rire.

Pour rire ? Un pareil soir !

Avec qui est-elle déjà venue là ? Le patron retient un sourire et prend la commande sans se livrer aux clowneries qu'il réserve aux étrangers et aux Parisiens. Les terrasses de restaurant débordent jusque sur la chaussée dans le vieux Nice où déambulent les « étrangers » et les gens des beaux quartiers. Les passants scrutent les cartes affichées à l'entrée, des fillettes jouent à la marelle et des garçons se partagent un vélo à dix. Assises sur des chaises paillées à la porte d'immeubles vermillon, ocre et jaune, les matrones s'éventent avec un morceau de carton, bourrelées de graisse à la taille, écartelées par leurs énormes cuisses, remontant du pouce et de l'index la masse gélatineuse de leurs seins dans les corsages trempés de sueur. Là-haut, sur la route de crête, Blanche frissonnait. Au bord de la mer, on étouffe. Elle a retiré son châle. En chemisier rose échancré, elle a dix ans de moins et Édouard s'agace des regards qui se posent sur elle. Passent et repassent devant la terrasse des femmes d'une insolente jeunesse. Au bras de leurs hommes, les jambes nues et bronzées, chaussées d'espadrilles, elles dansent sur les gros pavés de la chaussée.

— Comme les gens sont heureux ! dit Édouard. Et nous qui sommes si malheureux...

— Il y a des moments, peut-être à peine quelques secondes, où tu n'y penses pas. Ce soir, c'est quelques secondes à peine. Demain ce sera une minute, puis, dans un temps, une heure et, au bout de plusieurs années, des jours, des mois... Mais, rassure-toi ou inquiète-toi, on ne guérit de ceux qui vous ont quittés qu'en partant à son tour.

Poussé par une confiance perdue et soudain revenue tellement il est difficile de toujours tout garder pour soi, Édouard avoue :

— Ce matin, quand on nous amenait Papa, j'ai vu passer une fille à laquelle je n'ai encore jamais parlé. Nous nous sourions quand nous nous croisons. Elle est très jolie et s'appelle Lucienne. Au lycée, tous parlent d'elle. Lucienne est sûrement en deuil aussi. Elle portait des bas noirs.

Blanche sourit, son attention distraite par un drôle de type qui va et vient devant leur table et chaque fois les salue en soulevant une crasseuse casquette de marinier. En maillot de corps rayé blanc et noir, il flotte dans un pantalon de toile rapiécé. La barbe blanche en collier, une pipe au bec, il évoque irrésistiblement le loup de mer des cigarettes Players. Le serveur pose des hors-d'œuvre, un pichet de vin rosé sur la table et répond au regard d'Édouard.

— Il a jamais mis le pied sur un pont. C'est le garçon de plage du Rulh. Il sait même pas nager. Si vous lui offrez un verre, il vous racontera comment il est allé en Corse à la godille, même aux Amériques quand il a la verve…

Du dîner pendant lequel sa mère et lui se parlent à peine, Édouard se souviendra surtout que, par bouffées, une douleur épouvantable explosait dans sa poitrine. Son cœur arrêtait de battre. Une main invisible l'agrippait à la gorge pour l'étrangler :

— Maman, je vais vomir…

— NON !

Ah ! ce non… impérieux, sec, qui ne lui laissait aucune chance d'échapper ou de faillir à l'ordre ! Ce soir, Blanche prend le pouvoir. Elle lui apprendra tout, de force s'il le faut, avec une ténacité qui la vengera de l'affront du sort. Elle s'en est si peu souciée jusqu'ici que cette mission la grise déjà. Sous la table, elle passe à Édouard un billet de cent francs.

— Demande l'addition.

Quand le garçon pose la soucoupe devant elle, Blanche pousse l'addition pliée en direction de son fils :

— Tu jettes un rapide coup d'œil pour montrer que tu n'es pas un pigeon de touriste. Si le pourboire n'est pas compris, tu calcules mentalement douze pour cent. S'il est compris, tu laisses une pièce et, surtout, tu n'empoches pas l'addition.

Première leçon.

On étouffe dans l'appartement. Avant de partir, Giuseppina Staffaroni a fermé fenêtres et portes. Blanche se précipite pour ouvrir en grand et chasser l'écœurante odeur de moisissure qui s'empare si vite des murs, des rideaux, des tapis. Dans une de ces hallucinations encore très rares mais destinées à se multiplier lentement plus tard jusqu'à n'être plus que les signes d'un univers où elle se mouvra seule, inspirée tantôt par Dieu, tantôt par le Mal, Blanche, la tête dans les mains, se met à crier :

— Je le sais, je le sais ! Profitant de notre absence, *il* est venu une dernière fois ici, *il* a touché à tout et *il* n'a rien trouvé… *Nous* avons tout brûlé, n'est-ce pas, Édouard ? Oh, pourquoi est-*il* reparti sans rien dire ?

Dans la salle de bains, dans la cuisine, *il* a bien fermé les robinets comme il en avait soin chaque soir. Dans l'office, *il* a recouvert d'un linge la cage des tourterelles et sur les rayons de la bibliothèque, elle est certaine que manque le livre de sa lecture du soir.

— Tu vois, dit-elle devant le guéridon à tabac,

il a même emporté son affreux paquet de gris qui sent si mauvais. S'il croit qu'il pourra se rouler facilement des cigarettes dans sa niche, il se trompe bien.

— Maman, Maman, supplie Édouard.

Blanche relève la tête et voit briller des larmes dans les yeux de son fils.

— Ah, pardon… pardon… le soir quand il rentrait un peu tard, il s'inquiétait toujours de toi : « Le petit est déjà couché, j'espère ? » Il faut le rassurer. C'était une dure journée pour nous deux, mais nous avons été bien… n'est-ce pas ? Va te coucher.

Pour Édouard, c'est un moment d'intense désarroi : son lit est défait, les couvertures pliées de façon militaire. La table, la chaise sont recouvertes d'un drap blanc rapiécé. Il appelle sa mère :

— Maman, qu'est-ce qui se passe ? Je n'ai plus de chambre à moi ?

— Ah, j'ai oublié de t'annoncer la bonne nouvelle : cette chambre était trop petite pour un garçon de ton âge. Giuseppina a préparé le lit dans la chambre de ton père pour les deux mois que nous allons encore rester ici avant de regagner Paris d'où tu iras passer l'été en Angleterre chez les W. qui t'attendent avec impatience. Essaye de dormir. Demain, je te conduirai au lycée.

À quelle heure est-elle entrée dans la chambre sans allumer, en chemise de nuit blanche comme d'un fantôme ? Sous le drap léger qui les recouvrait, elle lui a saisi les chevilles et les a tirées brutalement :

— Écoute-moi, Édouard... et n'oublie pas : JE N'AI JAMAIS AIMÉ QUE TON PÈRE.

Elle est déjà partie quand il réussit en tâtonnant à allumer la lampe de chevet. De sa présence ne restent qu'un parfum et le trouble de sa chair tourmentée. Édouard l'a entendue juste au moment où Papa dressé devant lui, les traits creusés, la voix sourde, répétait en vain sans recevoir de réponse :

— Le petit est déjà couché, j'espère ?

DU MÊME AUTEUR

Aux Éditions Gallimard

LE BALCON DE SPETSAI (« Folio », *n° 1524*).

UN PARFUM DE JASMIN, *nouvelles* (« Folio », *n° 1055*).

LES PONEYS SAUVAGES, *roman.* Prix Interallié (« Folio », *n° 71*).

UN TAXI MAUVE, *roman.* Grand Prix du roman de l'Académie française (« Folio », *n° 999*).

LE JEUNE HOMME VERT, *roman* (« Folio », *n° 2858*). Nouvelle édition augmentée d'une préface de l'auteur.

LE JEUNE HOMME VERT – LES VINGT ANS DU JEUNE HOMME VERT. Édition en deux volumes.

THOMAS ET L'INFINI. *Illustré par Étienne Delessert* (« Folio cadet », *n° 202* ; « La Bibliothèque Gallimard », *n° 103. Accompagnement pédagogique par Isabelle Genier et Cécile Templier*).

LES VINGT ANS DU JEUNE HOMME VERT, *roman* (« Folio », *n° 1301*).

DISCOURS DE RÉCEPTION DE MICHEL DÉON À L'ACADÉMIE FRANÇAISE ET RÉPONSE DE FÉLICIEN MARCEAU.

UN DÉJEUNER DE SOLEIL, *roman* (« L'Imaginaire », *n° 145* ; « Folio », *n° 2857*).

« JE VOUS ÉCRIS D'ITALIE... », *roman* (« Folio », *n° 1720*).

MA VIE N'EST PLUS UN ROMAN, *théâtre* (« Le Manteau d'Arlequin », nouvelle série).

LA MONTÉE DU SOIR, *roman* (« Folio », *n° 2038*).

JE NE VEUX JAMAIS L'OUBLIER. Édition revue et corrigée avec une préface de l'auteur (« Folio », *n° 2157*).

DISCOURS DE RÉCEPTION DE JACQUES LAURENT À L'ACADÉMIE FRANÇAISE ET RÉPONSE DE MICHEL DÉON.

UN SOUVENIR, *roman* (« Folio », *n° 2373*).

LES TROMPEUSES ESPÉRANCES, *roman.* Nouvelle édition avec une postface de l'auteur (« Folio », *n° 2489*).

LOUIS XIV PAR LUI-MÊME. Morceaux choisis du Roi avec introduction et commentaires de l'auteur (« Folio », *n° 2305*). Première édition.

LE PRIX DE L'AMOUR, *nouvelles* (« Folio », *n° 2579*).

ARIANE OU L'OUBLI, *théâtre* (« Le Manteau d'Arlequin », nouvelle série).

PARLONS-EN..., avec Alice Déon, *conversation.*

PAGES GRECQUES, Le Balcon de Spetsai — Le Rendez-vous de Patmos — Spetsai revisité, *récits* (« Folio », *n° 3080*).

LA COUR DES GRANDS, *roman* (« Folio », *n° 3106*).

PAGES FRANÇAISES : Mes arches de Noé – Bagages pour Vancouver – Post-scriptum, *récits.*

L'ENFANT ET LA SORCIÈRE. *Illustré par des photographies de Nutan* (« Folio Junior », *n° 841*).

TAISEZ-VOUS... J'ENTENDS VENIR UN ANGE, *sotie* (« Folio », *n° 3916*).

UNE AFFICHE BLEUE ET BLANCHE, *nouvelle* (« Folio », *n° 3754*).

LA CHAMBRE DE TON PÈRE, *récits* (« Folio », *n° 4247*).

CAVALIER, PASSE TON CHEMIN !, pages irlandaises.

Aux Éditions de la Table Ronde

LA CORRIDA, *roman* (repris dans « Folio », *n° 1350*).

LES GENS DE LA NUIT, *roman* (« Petite vermillon » ; « Folio », *n° 557*).

MÉGALONOSE, *pamphlet.*

LA CAROTTE ET LE BÂTON, *roman* (« Petite vermillon » ; « Folio », *n° 1471*).

JE ME SUIS BEAUCOUP PROMENÉ..., *miscellanées* (« Petite vermillon »).

UNE LONGUE AMITIÉ, correspondance avec André Fraigneau.

Aux Éditions Albin Michel

MADAME ROSE, *roman* (repris dans « Folio », *n° 3323*).

Aux Éditions Fata Morgana

LE JEU DES MIROIRS, *illustrations de Jean Cortot.*

Aux Éditions Fasquelle

LETTRE À UN JEUNE RASTIGNAC, *libelle.*

FLEUR DE COLCHIQUE, *avec des eaux-fortes de Jean-Paul Vroom.*

À la Librairie Nicaise

HISTOIRE DE MINNIE.

BALINBADOUR.

LE BARBARE AU PARADIS.

Aux Éditions Cristiani

OUEST-EST, *illustré par Jean Cortot.*

Aux Éditions Matarasso

TURBULENCES.

UNIVERS LABYRINTHIQUE, *illustré par B. Dorny.*

HU-TU-FU.

Aux Éditions La Palatine

UNE JEUNE PARQUE, *eaux-fortes de Mathieux-Marie.*

Chez Alain Piroir

SONGES.

Chez André Biren

LETTRE OUVERTE À ZEUS, *gravures de Fassianos.*

LES CHOSES, *gravures de Maud Gruder.*

G., *gravures de George Ball.*

AVANT-JOUR, *gravures d'Olivier Debré.*

À l'Imprimerie nationale

DERNIÈRES NOUVELLES DE SOCRATE, *gravures de Jean Cortot.*

Aux Éditions Séguier

ORPHÉE AIMAIT-IL EURYDICE ?

Aux Presses typographiques

DE NAZARÉ..., *bois gravés de George Ball.*

Au Cheval ailé

JASON, *gravures de George Ball.*

Aux Éditions Fayard

DISCOURS DE RÉCEPTION D'HÉLÈNE CARRÈRE D'ENCAUSSE ET RÉPONSE DE MICHEL DÉON.

Aux Éditions du Seuil

DISCOURS DE RÉCEPTION DE FRÉDÉRIC VITOUX ET RÉPONSE DE MICHEL DÉON.

Aux Éditions Flammarion

GUERRES ET ROMAN, dialogue avec Lakis Proguidis.

Composition Imprimerie Floch.
Impression Maury-Eurolivres
45300 Manchecourt
le 10 août 2005.
Dépôt légal : août 2005.
Numéro d'imprimeur : 115593.
ISBN 2-07-030978-9. / Imprimé en France.

137392